田耳

作品

戒灵

上海文艺出版社
Shanghai Literature & Art Publishing House

目录

掰月亮砸人
1

人记
59

戒灵
115

掰月亮
砸人

砍火畬的村人在河这边山地上看见对河屋杵岩下面，鹅卵石和芭茅弄成的那矮房里蹿出火烟。村人打几声吆喝，扯嗓子冲对面河喊，是狗小吗？河谷把村人的声音间得稀疏，一字一顿，飘飘摇摇传了过去。隔好一阵，才听见对河回应一声。村人又嚷了一句，狗小你哪时回来的？狗小咿里呜噜答些什么，村人没听清。村人只隐约听见狗小答话中间杂啜泣的声音。被风一吹，河谷里诸多的声响枝枝蔓蔓，浑浊不清。砍火畬的村人还要看顾火势，不让火苗蹿入别家的沙地。收工后村人告诉一路上碰见的人，叫花子狗小又回来了。听见这话的人哦了一声，然后又自顾走路。

　　田老稀的婆娘瞧见男人扛了篙回来，手里提着酒和卤

3

包。这时天色像一块旧抹布抻开了，灰黑灰黑，看着有几分脏。婆娘说，今天营生还好？田老稀说，拉了两个官，说是南京城下来的大员。韩保长今天跟在后头走得勤快，大员拿他当小马弁用。大员听不明白乡话，韩保长给翻转，但韩保长官话讲得寒碜死人，听得我屁眼都痒了。婆娘说，净说怪话，又不是拿屁眼听。大员下到我们这地方做何事？田老稀大概知道大员是要去铁马寨子探查巫蛊一类事项的。撑船时候他问那个挑脚客盐拐，盐拐这样告诉他。搭船的人客里头，除了韩保长他就认得盐拐。据说这挑脚客专爱偷嘴，一次主家雇他挑巴盐，到地方复秤，仍是短去两斤。主家无奈地说，看来，以后只有让他挑粪了。田老稀当时问盐拐，盐拐子哎，今天偷了几口？盐拐苦着脸说，挑的全都是洋铁皮的匣子，找不到地方下嘴，要不然牙都要崩脱。说着，盐拐用挑扛磕了磕那行李，发出丁丁丁的硬响。韩保长就在船那头骂了，说，博士的仪器匣子是你们狗东西当响器乱敲的吗？韩保长骂人也操起了官话。

　　婆娘问南京城来的大员什么样，博士又是哪一品级。她这一辈子县城没去过，比保长甲长大的官没见过，见见保长甲长，还得是秋后派租谷公捐那阵。田老稀也说不上来，只是说，穿六个兜的衣服，盘帽大得像铁锅倒扣着，不过是瓷白色的。婆娘在自己身上比划，想不透衣服上六个兜怎么摆放。田老稀就指着胳膊，说，这上面也有，八成是放鼻烟的，抬抬胳膊就能扯一鼻子。城里人净想出些懒主意。婆娘给田老稀端来饭甑。饭甑一直在灶火前焙着，还热。田老稀扒了卤包里的菜，倒半碗酒，摆开架势吃。田老稀问，稗子批了吗？婆娘说，批了。又问，草灰沤进粪窖了吗？婆娘说，沤了。问完，田老稀才动起筷子。

婆娘又想起个事，说，叫花子狗小今天回来了。田老稀说，晓得了。婆娘说，我不讲你怎么晓得？田老稀说，我最早看见他的。他眼瞎了。这狗日的，做叫花子都还没到头，以后就变成了瞎子狗小。

清早田老稀接了口信，扛着篙去河口接人。刚走到岔道口上，看见老远飘来一个人。那人脚在地上碎步移动，而瘦长如麻秸一样的身体则向两边荡开，像挑重担的人踩着晃步。但那人肩上分明没压挑子，只是挂了木棍。那人穿一件不贴体的白衣，布钮没扣，两片衣襟就摆起来。田老稀在村上活几十年，确定村子没有这种走相的人。天色仍然暗着，田老稀看不分明，于是他放下篙点一块烟。那个人就飘到了眼前。田老稀猛嘬了几口烟，看清了来人。他说，狗日的，原来是你啊叫花子狗小，吓我一跳。狗小茫然转过脸来，说，老稀麻子，我回来了。田老稀说，发财了吧，有一身细布衣服，啧，不会是讨来的吧？嘿，还挂一根文明杵。你以为你是老爷？说着田老稀在细布衣服上摸了一把，吓了一跳，说，怎么瘦得像柴扉一样？你发了财也不晓得吃几坨肥肉，光买身衣服给别人看？狗小辩解地说，不是文明杵，半路捡的破棍子。老稀麻子，我差点，嗯，死在外头了老稀。他的声音很细，还发梗。停一停，狗小又说，老稀，我的眼瞎了。田老稀不信，狗小两

5

只眼分明还忽闪忽闪。他叉开两指作势往狗小眼窝子里面插。指甲都划着狗小的眼皮了，狗小还不晓得眨动。看样子，是瞎了。田老稀就说，反正，活着回来就好，死在外头的话，别人也不晓得你死了，那就麻烦。

那头船客还在等，田老稀没问个究竟，只在狗小肩头上拍了一下，然后往河口赶去。狗小继续摸索着，寻屋杵岩的方向走去。田老稀扭转头，看着狗小那身白衣在黏湿的早雾里飘摇，活像说书人口中白无常那形象。

扒完了甑里的饭，田老稀问，骡崽回来么？婆娘嗯了一声，说，早睡下了。又问，那桑女呢？婆娘这才说，还没有。田老稀燃上灯檠，在油灯下破篾。他要再做几个抓篓子。平日熄灯的辰光，桑女才跫身进门，捧起灶台上那只碗，咣唧就喝下半碗凉水。田老稀问，怎么这么晚？桑女说，牛进了鬼打墙，伏大伏下帮我找了半天，才找见。田老稀说，又把牛赶去屋杵岩了？桑女说，嗯，那里的草旺势，搭把手还能拣砍一捆柴块子。田老稀说，我都跟你讲无数八遍了，莫到那地方去，那地方，恶。还有，狗小今天回来了，就更不要去那里。桑女说，是的，今天我也看见狗小叔了，穿细布衣服，吓，瘦得跟柴屑一样。田老稀一张苦荞脸愈加地挤皱起来，说，女娃家的要有个忌口，不要净说那个……屑字，不好。桑女难堪地舔了舔嘴皮子。田老稀烦躁得很，说，要死啊，不要净拿舌头蠕嘴皮子。怎么他娘的跟牛一样？桑女不敢答话，仰脖子把另半碗水喝了，拿起饭甑跑屋外吃去。

婆娘抱进来一捆麻秸，用鞋底板碾破了再用棒槌锤起来。她说，桑女没个忌口，还不是你张口闭口讲得多了，她就学了去。田老稀说，怪我啊，你生的几个女，都是柴头柴脑宝里宝气。桑女早点打发掉才好。婆娘呐呐地说，你狗日的怪我啊。田老稀不再说什么，往碗里又添半碗酒，喝了起来。桑女是他的一桩心事。年前弯溪的麻家退了亲，找个借口说桑女爱蠕嘴皮，不是好兆头。后来田老稀听说，有相面的点拨麻家的人，这种女娃长大以后定是口不把门，长舌滋事，轻则败门风，重则罹祸事。田老稀想他娘的这是哪门子相法。这毕竟给麻家落下个口实，把婚退了。田老稀能做的事，是死活不还那份彩礼，当天挂不住脸，差点把讨彩礼那人打了一顿。

抿一口酒，田老稀又记起来，以前，大女荞花没送出门时，也老往屋杵岩去，劝也劝不住。狗小这家伙讨饭走过些地方，能讲出一大堆古里古怪的故事，放牛那帮崽女就喜欢围着他。荞花虽然脑袋不灵光，样貌却生得蛮好，提亲的媒婆来了几拨，田老稀一直不松口，就图着攀一家剩有余谷能放租的，年年青黄时节也周济一点。荞花自己不想过门，她和狗小挺有话说——村里柴头柴脑的崽女们都和狗小有话说。狗小当时就三十几岁了，光棍一条。田老稀留心过狗小的样貌，半长不长的刀脸，皱纹过早拧巴在一起，就是鼻头特别显得大。一直有个说法，男看鼻头女看嘴。相表知里，田老稀琢磨着，狗小穷得不可开交，以致脑子里关于男女之事这一窍，老也开通不了。否则，

7

狗小弄起女人来应该是一把好手。所以,荞花每回把牛赶往屋杵岩,田老稀就悬起一颗心来。为这事田老稀抽了荞花几回,要她别把牛往那里放,可荞花脑子只记得狗小讲的故事,记不住身上的痛。有个晚上,他要婆娘问荞花几句,婆娘就骂他神经,说这没凭没据,怎么问得出口。田老稀就自己去问。他问。荞花,今天狗小给你讲故事了?荞花说,嗯,牛郎织女,王母娘娘是个坏东西。又问,就只讲讲故事?他有没有,摸了你?荞花说,有啊,他摸了摸我的头发,他说我头发真多,黑油油的好看。田老稀眼皮子就跳了起来,继续往下问,还摸了……哪些地方?荞花想了想,说,没有啦。田老稀放不了心,跑去屋杵岩把狗小打了一顿。之后,田老稀赶快找了个镇上的裁缝,把荞花嫁了过去。到这时候田老稀想通了,不巴望那点周济粮,只要荞花不败在狗小手里就行。田老稀喝着碗里的酒,想想狗小,想想狗小的鼻头,又想想桑女天天往那里放牛,眼皮子又一次跳了起来。

过两天桑女看见了串亲戚回来的夜猫,告诉他狗小叔回来了,并且两只眼都瞎掉了。夜猫心里猛一沉,心头有种洪水溃堤般垮塌的感觉。

在兜头寨子里面,夜猫和狗小最有话说。夜猫七八岁时就偷偷撵着狗小出门讨饭,一去半个多月,走村过寨,最远到了沅陵,看见了百多丈宽的大河,兴奋得不得了。他觉得寨子里狗小是头一个有本事的人,比那些天天下地弄庄稼的人要强。那次回来以后,他老子杨吊毛就把他吊着打了一顿,说,你狗日的竟然要去讨饭,饿死在家也不能讨饭。其实杨吊毛家的田有好几丘,又只有夜猫一个崽,饭是足够吃的。夜猫被打怕了,他决定等杨吊毛老得舞不动吹火棍了,或者死了,再跟着狗小去讨饭。他还有一个不可告人的大想法:沿着潮白河,一路讨到南京城去——潮白河一路通得到南京城,也是狗小告诉他的。日近黄昏,夜猫按捺不住地想见到狗小,就往屋杵岩的方向去了。

河流一路弯转,找不出十丈河道能扯得笔直。拐到屋杵岩这地方,雾腾然多了,有地势的原因。村人一般不来这里,说这地方恶,偶尔有一些喜好扳罾毒捞的人到这里弄鱼。沿河道走向,老辈人根据地形山势拿出许多小处地名,如屋杵岩、吊马桩、大水凼,有了大水凼免不了有小水凼,诸如此类。也一直有说法,说是某地方好,某地方灵,某地方败,某地方恶。一路拐下来,就属屋杵岩这一片河弯最恶,怎么个恶法却没有人说得出个子丑寅卯。

夜猫去到屋杵岩脚下那一湾水潭时,太阳已经完全落掉了。从河谷的缝中往天外望去,红彤色的云还在,那种云块被火烧着的景象折了个角铺在水潭之上,但整个河谷里的暗色堆积起来,更显浓重。夜猫看见对岸,狗小的茅屋里飘出一笔烟子。茅屋没有烟囱,烟子让茅草顶子篦得蓬松,飘到半空以后,又纠结成一股。夜猫脱下一身衣裤用手擎着,游过河,中间趴着河中的大石块换了两口气。到了这边河岸,水柘和洋荆条都长势旺盛,枝头还挂着绒球状的花。夜猫穿上衣裤,拨开了那茅屋枞树皮的门。里面湿热异常,十分晦暗,一时还找不见狗小。撑木上挂一束燃着的艾蒿,熏死了一地的蚊虫。地灶里的火灰堆起了尖,皮头有几颗没燃尽的烀炭。夜猫看得出来,灰堆里埋着吃食。狗小睡在床上,听见有响动就支起身子,问是谁。夜猫说,是我。狗小没能听出来,又问,你又是谁。夜猫说,夜猫。狗小说,哦,夜猫,你狗小叔的眼睛全瞎了。夜猫走过去,想看一看狗小的眼,却看不清楚。狗小的眼隐藏在晦暗的光线当中。夜猫问,狗小叔,怎么就瞎了呢?狗小哑着嘴说,我怎么跟你说呢?反正,是被太阳晒瞎的。夜猫忽然失声哭了,说,太阳怎么就晒瞎眼了?还能好起来么?以后你还能带我出去讨饭吗?狗小说,不要哭,现在到吃饭的辰光了吗?夜猫就停止了哭泣,说,早过了啊。狗小自嘲地笑笑,说,你狗小叔现在看不见天色明暗了,经常摸不准吃饭的辰光。你这么一说,我就饿瘪了。

　　狗小摸索着到地灶前,扒开火灰堆。里面烀着几棒苞谷。有些苞谷粒裂开了,苞谷浆溢出来粘在缝隙里,香气扑面过来。狗小继续往火灰下面刨,还有几颗肉辣椒,表面有几分焦煳。然后,狗小又折回床前。那床不过是几截木桩支起几块边木板,上面有张篾席。狗小从篾席下面取出一个扎口的小袋,里面装的是鱼子盐。他问,夜猫你要不要嚼盐?夜猫说,不要。狗小自己拣来拣去挑了一颗个小的鱼子盐,放舌尖上舔一舔。他说,这颗盐还是齁咸的。茅屋里的燠热能把人也烀熟了。天气本来没这么大热,只是狗小的茅屋里就挖了个地灶，架上三角铁，上面再置一个鼎锅，就是他全部的吃饭家当。烟子飘得出去，热气都在屋子里积淤着。狗小和夜猫拿着吃食去了河边的沙地坐着，蚊虫又特别地多，一团团朝人滚来，发出喑哑的鸣叫。于是狗小就说，还是上月亮洞里去吃吧。他要夜猫去房中把篾席拿着，晚上就睡月亮洞里。

屋杵岩远看是一蔸巨大石笋，大约百来个人围抱那么粗，但有两面是和后面那山粘连为一体的。石笋子中空，里面有天然石梯转折盘旋着往顶上面延伸。上面是长宽三四丈的石洞子，顶上面通了个圆窟窿，如屋顶的明瓦一样可窥见天色。石洞另有岔洞子通向紧邻的后山，却不能随便进去，说是那一路天坑地斗密布。圆窟窿上虬得有一蔸枯藤，弯如钓钩。有时候月亮行经顶上这一方天际，恰巧铺满了窟窿，就像是被那枯藤钩住似的。先辈人看过了这景象，也拿出一个贴切的名字，叫金钩挂玉。

夜猫扶着狗小进入那洞中。狗小进入洞中就甩开夜猫的手，自己能寻路上去。狗小把这洞当成自己的另一间房子，夏秋两季睡在里面，远比自己茅屋舒适。两人进到石洞，把篾席铺地上。地上的石头早就被狗小拣过，坑洼不平的地方也填了土石。狗小啃着苞谷，并不时用牙磕下一小块盐粒子，响亮地咀嚼起来。他问，夜猫呵，今晚上有月亮么？夜猫刚才也没留意，往窟窿上瞟去一眼，天际不是特别黑，分明是月亮爬出来的迹象。再掐指算算日期，果然已是月中。夜猫说，有月亮的，现在还没行到窟窿顶上。狗小哦地一声，还抬头仰望了一眼，当然是什么也看不见的。烀熟的苞谷已经凉下来，夜猫慢慢嚼着，嚼出一股清甜。那肉辣椒熟了后没辣劲，嚼起来挺寡淡。狗小就说，那是没有盐。他把盐粒子沾些唾沫，放肉辣椒上来回拭几下，夜猫就吃得出香味来。夜猫脑子里还是那种疑惑，太阳怎么就能把人眼睛晒瞎呢？

嗯，是这样的。狗小咂着嘴皮，想起那件并不遥远的事情，脸上相应浮现出心有余悸的表情。他说，我到竹山煤矿挖煤时，洞井塌了，被埋了好些天。被挖出来时，那帮矿丁忘了遮拦我的脸，结果那天抬出去，外面太阳挺大，我的眼睛好久不沾光了，一下子就，就被太阳晒爆了。狗小喃喃地说着，嚼碎了最后那一丁点盐粒，还舔舔捏盐粒的两根手指。很奇怪的，狗小是个能讲故事的人，但是讲自己这桩事，又没有多少讲头，轻淡几句就过去了。夜猫说，还能好起来么？狗小说，不晓得，那是要钱的。夜猫说，那以后还能出去讨饭么？狗小说，是要去的，不讨饭我怎么活？再说，眼瞎了，搞不定能讨得更多。说到这里狗小挤出一丝笑意。他竟然笑了。然后，他拍拍夜猫的脊背，说，夜猫呵，别跟我学讨饭，丢人的。趁着年轻，学一门手艺，瓦匠、皮匠、弹匠、封匠都行，同样到处走，还体面多了，搞不定哪时候能骗来个好媳妇。夜猫就不说什么了。

当初狗小挺玄乎地告诉他说，这不叫叫花子，叫讨匠，知道么？在狗小说来，讨饭这行当也是技术活，无本买卖，出门去闯随身工具都不要带。一样的讨，技术好的吃香喝辣，没技术的饿死路边没人发埋。狗小说，这一行当最见水平高低了，不是看上去那么简单。起码要有一双相面的好眼，看出来是善人的话伸手他就能掏钱把你，讨错了人就挨一阵棒子。当时夜猫被狗小绕得晕乎乎的。虽然狗小自己没讨出个人样，但夜猫已向往着混进这一行。

现在，狗小忽然又反口说，这一行还是丢人的。夜猫脑子有些发蒙，想说什么，没有说出来。狗小却在那里问，你老子帮你寻亲了没有？夜猫说，没有。狗小又问，那自己相上谁了？夜猫迟疑老半天，终于轻轻嗯了一声。狗小又问，是谁啊？夜猫说，桑女。她长得好看，我想讨她当媳妇。狗小就笑了，说，田老稀肯定会答应的。哪天碰见桑女的时候，要不要我替你向她摆明？夜猫说，不要。

这时夜猫的眼被什么晃了一下。抬头看看，月亮已经拢向了头顶那圆窟窿。枯藤被月光映亮了，果然弯如一柄钩子。落到石洞里的月光是一种暗白偏黄的颜色，斜着铺进了石洞西面的那一隅。夜猫低头看看地面上的月光，觉得那跟嫩苞谷浆凝结后的颜色差不去许多。狗小也抬起了头，准确地面向那一眼窟窿。夜猫就奇怪了，问，狗小叔，你能看见月亮？狗小说，不是。眼仁子上像蒙了层白翳，什么都看不见，但能察觉到有光亮——月亮圆么？

这时候月亮正好被框在圆窟窿当中。夜猫留意地看看，不是很圆。月亮饱满的那半边，轮廓线是清晰的；稍有亏缺的那半边，轮廓线就很模糊。狗小喃喃地说，以前有好多次,肚皮饿了找不见东西吃,就爬进这石洞子睡觉。睡也睡不着,睁开眼就看见窟窿里有月亮。我想那是一张薄饼该多好,我要小口小口地吃下去。我眯上一只眼,再伸出手往窟窿里抓捞,好像差一点点就把月亮抓在手里了。把月亮想成一张饼,看在眼里,也是一件让人快活的事。但是,夜猫呵,现在我连月亮也看不见了。

夜猫应和着,表示他在听。不久狗小就睡去了,没有一点鼾声,像个死人。夜猫嘴角衔着一根草,时不时瞟一眼月亮。月亮很快就要飘出那一眼窟窿,挂在洞内看不见的地方。夜猫漫不经心地看着月亮,脑子里想的是桑女。

南京城下来的两位博士。一位姓丁,浙江宁波人;一位姓凌,广东茂名人。在铁马寨子待了几天之后,两人从另一路经其他寨子,返回县城。这个把月以来,两人携带各种器械,走了远近十余个村寨,考察传言中的巫蛊事项。

两人得来的观点基本一致:佴城一带乡里村寨所言的蛊并无其事,所谓的蛊毒致病,待查实后,俱是日常病症。村人之间遇有纠纷口角,常以蛊公蛊婆彼此诋毁。诸多偏远村寨常将罹患麻风之人诬为弄蛊者,以此借口动用私刑,烧死杀戮,手段卑劣残忍,令人发指。

到佴城后,丁博士将此行遭遇以及调查结果整理成文。文中写道:世界趋进,神明日消;蒙昧低愚,迷信日深。所以苗民僻处山陬穷谷,未有知识;生疾罹病,时常误诊。加之地在巴楚之际,巫风盛称,巫医猖行,病不能治,归咎鬼神，久渐而成诸多巫蛊谣言。余考查史书，巫蛊兴于汉武之时。因其国势强大，版图廓张，号称雄主，重巫信神，当时方士及诸神巫聚于京师。后以女巫往来宫中，教美人度厄，埋木人祭祀。会帝病，江充适时进言，疾在巫蛊，招神神不至，招鬼鬼即来……

这天县府给凌博士转来《觉报》一记者电话，说是佴城菟头寨一男子，日前在广林县竹山煤矿挖煤，遭遇塌方，被困井下有九十余天，挖出后竟然活了过来。记者是凌博士旧交，打听到凌博士这一向在佴城做事，就一个电话挂过来，要凌博士去落实这事，并且，最好取得该男子照相一帧。凌博士听见这事也觉得不可思议，某一年他从某报上看见新闻说，英国北部约克郡某矿山遭遇塌方事故，有矿丁井下存活四十七天。这已经是有记载的井下存活最长时限。没想到眼下，这佴城之中就有这号能耐人，一下子把存活的最长时限翻了个番，着实不简单。凌博士也不敢贸信，但既然是旧友打来电话，肯定有几分根据。凌博士把这事讲给丁博士听。丁博士事从医科研究，对人的体质骨骼肌理病征诸项深有兴趣。凭他经验，隔绝地下存活三月简直如聊斋鬼话，天方夜谭。不过，丁博士倒宁愿信其有。他跟凌博士说，来一次不易，既然来了，一头羊是放，一群羊也是放，倒是希望真有这事。丁博士手中有矮克发照相机，底片还剩一匣。凌博士说，不到半月，乡话俚语学来不少。

去菟头寨子依然走水路。韩保长派个挑脚客前夜就去给田老稀报信，要他次日尽量早起，在河口那地方等着。田老稀听说又是那两个大员，不敢有差错，当夜睡了个囫囵觉，天色还一片昏黑的时候就起床赶路。两个博士跟田老稀算得面熟了，见面时候也不忙叫他走船，拿了一撮突厥产的白筋烟丝让他抽。田老稀没有烟斗，手卷了一只喇叭筒，燃上。抽起来后，田老稀蠕着嘴皮品味一番，评价地说，嗯，真是蛮好，有一股鸡粪烧着的气味。凌博士把记者朋友电话里说起的事大体跟田老稀复述出来，问他知不知道这个人会是谁。田老稀想都不用想，就说，只能是狗小了。以前他跟我讲过的，讨不够饭的时候他会去挖煤。

河谷里是很阴沉的样子，加之天色太早，那阴霾之象更深重几成。抬头往上面看去，两岸崖壁像是一斧头劈到底的，天被崖壁夹成一条线。有时掉落一阵疾雨，不大，河水豆绿的颜色陡然鲜艳起来，戗人眼目。雨后，河道两侧大石下面，那些孔洞罅隙里升上来一笔笔水烟子，并不断往河心洇开来。两位博士看这景色来了兴致，做起对子相互娱乐。凌博士出个上联是：阴晴陡转，河低烟树茂。丁博士脑子不是很快，上下看看左右想想，好半天对了下联：昼夜顷分，月隐晓山明。对上以后丁博士说，这倒是一副藏尾联，送给你蛮好。凌博士表示谢意。

船只能行到大水凼一带，再往上行，河道里大石过多，只有梭船勉强得过。田老稀的方头船即便削掉一多半也挤不进石头跟石头之间的缝隙。于是一船人找地方靠岸，沿河走势上溯，再行个五里地，能到屋杵岩。丁博士又给了田老稀半块钱,要他前面引路。田老稀想,半块钱可买一斤多咸盐,划得来。于是去了。道路不好走,经常有几丈远的路段被泥水泡稀了,挑脚客和田老稀各背一个博士蹚过去。到屋杵岩时,巳时已过。田老稀一脚踹开狗小那茅屋的门,发现里面没人。火灰是才烧成的样子,显然是昨天狗小还待在自己茅屋里面。田老稀走出屋子,手掌搭在嘴角朝四周里叫了几声,没有人应。田老稀不耐烦了,扯着嗓子大声地叫唤起来,狗小,狗小,日你个娘哎,在哪里咯?狗小应了一声,声音是从头顶上的地方飘下来的。田老稀就晓得,狗小晚上睡在月亮洞里。

　　田老稀把狗小架着走下来的时候,两位博士看看这个人非常瘦小,身体蜷曲,眼睛还是瞎的。这和两人之前的预想大相径庭。丁博士认为既然生命力如此之强,其人体质应该超出常人许多,必然筋骨强健肌肉夯实。这个唤作狗小的人又瘦又脏,闻着有一种膻臭的气味。丁博士一时竟联想到蛆虫之类的腐生生物。凌博士问他,是不是曾去广林县的竹山煤矿做过工,还被埋在塌井里面?瞎子竟然点了点头。凌博士又问道,是不是,被埋了差不多三个月有余?瞎子的表情有些发蒙。他说,我也不晓得被埋在地下多久,反正,有时候觉得不止三月,倒像是几辈子那么长;有时脑袋昏沉了,又以为自己没待多久。我是被搅糊涂了。不过,现在慢慢记得起,塌井那天天气还冷,我多穿了几重衣服。后面被挖出来,没想到,天气已经这么热了。

两位博士交换个眼神，显然，这人正是记者提起的那家伙。丁博士让狗小坐下来说话，在茅屋里根本找不到板凳，只有在河边找了几块光溜的卵石坐上面。凌博士支起个本子，掏出自来水笔，要狗小说一说埋井下的事情。狗小说，没有什么事情，就是被埋下去了，又挖出来。哦，挖出来时我的眼被太阳晒瞎了。凌博士说，不是这些。我是想知道你埋在井下时吃什么，又是怎么方便的，这些个事。丁博士许诺地说，不要慌。我不通眼科病症，按讲你的眼睛可以治好，回头我找一个这方面的大夫。现在，你不妨慢慢想一想，埋在井下那一阵，都有哪些事情发生？

狗小听不明白，韩保长又把这意思讲一遍，末了又加一句，放明白点，讲得好撂你几根骨头啃，讲不好老子扒你的狗皮。丁博士大概知道韩保长自己发挥地说了什么话，表情凶狠，就问，老韩你怎么跟他说的？韩保长扭过头谄媚地一笑，说，没什么的，跟他提个醒。狗小很费心地去回想那一阵埋在地底下的日子，于是，一种介于半睡半醒之间的浑噩之感铺天盖地而来，攫住了整个脑门子。毫无疑问，那一段时日里面，说是有一口气在，其实脑子并不清晰，像是连场大梦做着，这梦做得分外痛苦、憋闷。井口怎么就坍塌了？他记得，当时身边原是有几个人，叫老王的，老柴的，还有一个好像叫秧老七，每个都提着灯扛着丁字镐，还有长锹，那声巨响传来的时候，那几个人鬼一样消隐去了。他不知怎么就躺倒在地，脑子撞在一根木桩子上。他摸摸木桩子，有一米多高，上面还支着个木架子。如果没那根桩，上面一大摞黑岩块压下来，自己也变成煤了。他听不见任何声音，直到他听见自己心子搏动的声音，眨眼的时间会有两到三次，无比巨大，他担心心子会突然蹿出自己这具皮囊，血淋淋地，掉在煤矿上，还蹦它几蹦。狗小得时不时捂着胸口把心子摁回去。他挪了挪身子，如果想坐起来，他的脊椎骨就必须抽掉。这样，他只好躺着。不知从哪地方滴着水，有时候水量多一点，形成一注，有时候是抠紧巴了一滴滴地掉下来。水往低凹的地方流去，最后，在狗小指尖大概触到的地方形成一孔水洼，两个巴掌宽。溢出水洼的水不知道浸进了什么地方。狗小就是靠那一洼水活了下来，要不然，他想他只会存活五天，或者三天。

丁博士问，那你吃的是什么呢？

狗小记得，一开始头脑还没发昏的时候就意识到，必须找到吃的。里面有很多木桩，他把他能够得着的都聚拢过来，用指甲一寸一寸地试木桩的表皮，果然，有些部位，当指甲掐着的时候就陷进去一块，摸着有粉末。这次塌方应该和木桩用的年头久了，逐渐朽坏有关。狗小这么想着，心里还有些庆幸，因这朽坏的木头用牙嚼得动，捏着鼻子囫囵咽下去，骗住肚子再说。狗小记得以前自己也嚼过木头，嚼出汁液，但不会把木渣咽进去。柘树嚼着有些涩，松木有种奇异的香，枞树嚼着淡得出鸟来……他把朽坏的木头掰下来，放进水洼里面浸泡。水泡过后木头变得更松软。但是，不记得从哪一天起，狗小脑子已经模糊了，不再理智，老是昏睡着。他的肚皮正变得麻木，以前，饿就是饿，狗小找不到吃食的日子一直挺多，饿的感觉一成不变就是痛。但这时候，狗小饿得没法了就睡死过去，睡去以后饿就是稀奇古怪变化万端的梦境，有的狰狞有的阴冷，有的灰暗有的却空灵起来，整个人一阵烟似的朝着某个地方飘。有一次他梦见他在吸他娘的奶，于是隐约有一些奇怪，老想看看娘是什么样子。狗小从来没见过他娘，也没见过他爹。梦里头狗小始终没能看清楚娘的面目，于是痛苦得紧，醒了。醒后发现自己已经挪到水洼边，吸着里面的水，还吸进来几块木渣子。木渣子原来是桩上的疙瘩，根本嚼不烂。还有一次他梦见了月亮，把整个梦映照得明亮起来。他觉得月亮从来没离得那么近，于是伸手去，想掰下一片，就像是掰开一只糠饼。奇怪的是那月亮变成一只肥鸟，长得难看死了。他不费力捉住了这鸟，想要吃肉，但是毛太多，他找不到地方下口。情急之下张开口把鸟脖颈切断，结果咬出一口鸟毛。醒来，狗小发现自己口里头有毛线一样的东西，一摸，原来一幅衣袖已经被自己用牙撕碎了，放口里嚼。那一身衣裤倒是嚼了很长一段时间。还有鞋子，因为是问别人借来的，所以嚼鞋帮时狗小不免心生忐忑。

凌博士插话说，哦，衣服也能吃？说话的时候，凌博士依然运笔如飞地记些什么。他又问，那你解手怎么个搞法？韩保长就翻成乡话说，狗小你一天拉几道？

狗小摇摇头，他不记得埋井下时自己曾拉过大便。按说他也吃了一些东西，朽木、衣裤、鞋帮子，后来也没拉过。这些东西的渣滓不知到哪去了——反正不是拉出来的。后面那一段时间，狗小处于一种谵妄状态，怎么喝水怎么嚼东西，全都不由自主。那个时候，狗小以为死无非就是这样，一开始像是睡觉，慢慢的，每睡一觉的时间越拉越长，越拉越长，到最后，不再醒来。他只知道，脖颈以下的身体已经脱离了自己，他觉得自己正在融进周边的煤层。有一天，他仍是睡着，忽然听见有一种声响，响了不止一下。他竟然被惊醒了，一开始以为是心跳紊乱，再一听，那声音非常巨大，铿锵极了，显然是铁镐錾在硬石上发出来的。于是，狗小扯起嗓子叫了几声。这一来，他仅有的那点劲消耗去了，人又陷入半昏迷之中。当他被人抬出来的时候，他浑浑噩噩地察觉到光正从脚趾一点点铺遍全身。光铺到眼睛上时，犹如有人往他两只眼睛里灌了两瓢生辣椒水。他惨叫一声，当时只觉得烧灼般的剧痛，没想到过后再也看不见事物了。

  凌博士记录着狗小的说法，同时，他想起从记者那里得来相呼应的说法。昨日凌博士给记者拨回了一个电话，记者告诉他别的一些情况。记者说，当时他是无意中从竹山煤矿几个矿丁嘴里听来这回子事。说是一个矿丁那天想錾开堆积的岩石寻几根木桩子。那是个塌洞，三个月前出的事，当时挖出了七八条人来，挖出来后那些人都被塌得血肉一团没了人样子。那以后，洞子就废在那里，血气太重，即便有些余矿也没人敢去采挖。那天，这矿丁錾了几镐，忽然听见地底传出幽幽的呻吟。矿丁以为是撞了鬼怪，吓得掉头就跑，撞上别人就把这稀奇事讲了出来。人多了也不怕撞鬼，一伙子矿丁又回转到那地方，用镐一錾，那声音又丝丝缕缕地钻出了地层。有个老矿丁估计底下有个活人，挖上几个时辰，真的找出一个人来。那个人被抬出地面时，浑身精赤，仅五六十斤重，抬在手里就像一团发起来的老面，大家生怕不小心掰下这人身上一块皮肉，或者用力不慎把这个绵软的人拉长成一条蛇。抬进见光的地方，那人皮肤犹如江米纸一样透明，血管呈暗蓝色，埋在皮肤下面，从麻线粗的一股最后分叉到细如毛发，纤毫毕现，让人不敢多看。

狗小讲完了这一堆事，就说，老爷，我都讲半天了，能不能，赏我点东西吃？夜饭的吃食我都来不及去寻了。韩保长说，叫花子狗小，要你讲一通废话也敢讨赏？狗小涎皮涎脸地说，不是讨赏，老爷，就算当我是条狗，叫了半天，也得撂两根带肉渣的骨头吧？丁博士从行李里面掏出两个洋铁皮的罐子，递给狗小。狗小摸摸那两个铁皮罐，苦着脸说，老爷，你把小的当成铁匠炉子了，哪消化得了这铁疙瘩？丁博士一想也是，又从包中找出一块铁片，只几下就把罐口的封铁撬开了。里面散发出轻微的肉香。狗小的鼻子相当利索，罐口被撬开的那一刹那鼻头就翕动了几下。凌博士把狗小这些个表情都看进眼里，不禁蹙了蹙眉头。

河谷里天色昏暗，云团稠密，一行人怕晚上下雨，准备回菟头寨子先住。丁博士要狗小明日到寨子里去，把身体详查一道。看看狗小的脸色有几分犹疑，丁博士就说，明日早些来，管你两顿饱饭。狗小听懂了以后，说那好那好。他已经不记得有多少年没吃过饱饭了。

回寨子的路上，凌博士颇有感慨地说，倒是不要检测身体器质，今下午跟他一说，看看他那种卑琐样子，就知道个十之八九。这跟体质关系不大。丁博士嗯的一声，指了指田老稀，说，他把那狗小的情况大体跟我讲了。这人幼失双亲，讨要为生，经常忍饥挨饿，其求生本能不是一般人可比。换了个人，哪可能活这么长时间。凌博士说，老丁呐，有没有看过明恩溥所写的《中国人的特性》？丁博士说，倒是没有。明恩溥是谁？仿佛听谁提起过。凌博士说，是个洋人，前朝来华活了几十年，写成这么本书的。其实周树人小说里诸多观点发轫于此书当中。明恩溥认为国人生存能力、繁殖能力极强，纵使外部环境恶劣非常，也能生存繁衍。我读到这样的论断，心里反而有种隐隐不适，觉得这人拐着弯在说国人怕死。赴英留学期间，我常听一句西谚，是说，死是向大多数人靠拢。的确，西洋人生活优越，对死的态度也有一种令我意外的淡然、超脱，想必跟这句谚语有所默契。相对于生人，死者永远是大多数。能作此想，死亡之事就有了一种亲近面目，悲哀之情必然淡去许多。而国人常说，好死不如歹活。跟那西谚之意相比较，就高下立判了。丁博士问，讲了这一堆事理，你的意思是……凌博士说，暂时不要把狗小这事告诉那记者,这则消息还是不刊发的好。说是破了英国人的井下生存最长时限,似乎不能为国人争光添彩——这破纪录之人竟是个卑贱的乞丐,而破纪录之原因又全在于其卑贱苟活的性情。

丁博士附和地点点头,然后说,你我学科不同,对这事,我是从另一方面去想来着。凌博士说,你又找到什么方面?丁博士有些踌躇,燃上纸烟吸几口,说,从成分养料角度来看,布料木材作为食物,绝不足以供一个人活上三个月。我倒怀疑,是不是,还有人和狗小埋在同一地方,那人先行死去,然后狗小就……丁博士目光斜着瞟了同行的韩保长还有田老稀,似乎有话不便明说。凌博士早就会意,说,照你说来,怕是怕是这狗小有……麻叔谋那种癖好?丁博士说,也差不多。这么讲似乎不妥,你我搞的是科学路数,凡事凭个依据。但若不作此猜测,我实难相信狗小这人能存活这么长的时间,没道理的。

田老稀竟然听懂了,这两个大员在说狗小是靠吃死人才活过来的。两位博士夹杂各自乡音的官话,田老稀多半听不懂。这两番接触,田老稀渐渐听得惯了,知道他们讲话的字音差不去许多,只是声调平仄乍听起来有些陌生。田老稀小时候就听说书人讲说麻叔谋吃死孩子的故事,说是隋唐那时麻叔谋主管挖造运河,天天要厨子弄出新鲜菜肴,吃着不合口就杀掉厨子。厨子急得没法,某天就捡来个死孩子烹了。麻叔谋吃了以后连呼过瘾,从此天天要吃死孩子,换一种菜他根本咽不下去。田老稀成家以后,家里一堆小孩惯爱疯跑，很晚才见回家。田老稀就吓小孩说，再这样乱跑，小心被麻鬼捉去烹了吃。这里所说的麻鬼，其实就是指麻叔谋。

田老稀着实吓一跳，他想，回去以后便要告诉骡崽和桑女，这以后砍柴放牛，千万别挨近狗小。狗小就是麻鬼变来的。如果骡崽和桑女——尤其是桑女这柴禾丫头，要是还敢往屋杵岩那边跑，就把腿骨都打折掉。

夜猫和桑女约好把牛赶到别的地方去，不和其他那些放牛崽子混在一起。他们去了离寨子很远的吊马桩。桑女知道田老稀当天不走船，才敢到那里去。夜猫虚岁十七，桑女虚岁十六，两个人自小在一起割草砍柴，不知从哪一天起心底便滋生起别样不同的意思。夜猫从说书人那里听来一个词，叫青梅竹马。多听了几遍，夜猫大概晓得是什么意思，要用自己话说，又抓瞎说不出来。桑女听不明白这词，因为梅花和马这两样东西，苋头寨子从来没有过。她想当然地说，叫作青牛竹鞭不是更好？她手中用于赶牛的家伙是毛竹鞭。夜猫就笑了，桑女总是不开窍，脑子转得比一般人慢，有事无事爱蠕动嘴皮，笑的时候把嘴咧得老大。但夜猫喜欢桑女缺心眼的样子。

夜猫跟桑女走得很近，两家的牛也前后紧跟。两人这几天都把牛赶往吊马桩，来回要比别人多走上三四里地。昨天有两个割草的小孩看见了夜猫和桑女往吊马桩去，隔着老远冲两人喊，夜猫桑女，吊马桩的牛草是不是挺多啊。

明天我们都去吊马桩割草。

两个割草的小孩回去的路上碰见杨吊毛,就说,吊毛叔,你别吊着个脸,搞不好哪天你就当爷爷了。杨吊毛说,悬悬,口里有药不要乱讲话,小心招来蛊婆打你家阴炮。小孩说,吊毛叔,不骗你,夜猫天天跟在那女孩后面往没人的地方走。杨吊毛问,女孩是谁?小孩回答,桑女。杨吊毛的脸就垮下来,之前他听过风声,现在信了。村寨里年轻人的婚姻嫁娶无非来自两种途径,一是媒人说合,一种是放牛搞的。一般认为小孩搭放牛的机会搞到婆娘,算是一桩本事。但杨吊毛不晓得夜猫怎么就看上了桑女。

桑女一看两人的事被别人发觉了,就问夜猫怎么办。夜猫说,怎么办?明天杀个回马枪,他们过来了,我们就去屋杵岩。桑女想起个事,告诉夜猫,说,屋杵岩再也不能去了。夜猫说,又怎么啦?桑女说,我爹听外面的人说,狗小叔是要吃人的,他到外面讨不到饭的时候就去吃人,这样才活了下来。夜猫不信,他说,不要乱说,狗小叔哪像吃人的人?吃人的人脸是青的,眼睛是血红的,板牙两边应该生得有两对獠牙。桑女说,不骗你,我爹是那么说的,还说看见我往屋杵岩去,就打折我腿。

夜猫还是不信,叫桑女帮着把牛赶回寨子,关进牛栏。他要去屋杵岩,拿这事问一问狗小,看他本人有什么说法。桑女把两只牛赶回寨,先去关了夜猫家的牛,再料理自家的牛。两家的牛棚相隔并不远。杨吊毛正好看见了。他蹲在别人家的柴棚下面抽起了烟,没有拢过去。桑女做事的动作还算得麻利,嘴里嘘着声音把牛赶进去,再一根根上门桩,把楔子敲进去。桑女挑着两捆草,她拣了颜色较嫩的那一捆扔进栏里。杨吊毛觉得桑女是个勤快妹子,心眼还不错。杨吊毛想,如果我有两条崽,就会让夜猫娶桑女,但现在只有夜猫一条崽,所以非得讨一个精明点的,能持家的媳妇。

夜猫回来得很晚,杨吊毛问他哪里去了。夜猫说,去捡野鸭子蛋,让桑女把牛先赶回来了。杨吊毛问,蛋呢?夜猫说,烧熟吃了。杨吊毛现在不在乎这个,只是问,你他娘的不要老跟桑女搞在一起,回头要你娘到别个寨寻一门好亲事。夜猫看看爹那一脸愠怒的样子,知道是割草那两个崽崽点的水。他说,别家的我不要,我就要娶桑女。杨吊毛说,不行,她爱蠕嘴皮子。夜猫说,我就喜欢她蠕嘴皮子。杨吊毛说,她缺心眼,看人总是傻笑。夜猫说,她缺心眼,但是她心眼子好。杨吊毛说,还是不行,她长了颗马牙。夜猫这才想起来,桑女的牙床上是有一颗马牙。他没想到,爹看得倒比自己还仔细。他说,那有什么关系呢,马牙长在嘴里面,不开口别人就看不见。杨吊毛说,你晓得个屁,搞不好以后那颗马牙会翻出嘴皮子外面,就成了一颗獠牙。你怎么能讨一个长獠牙的女人当媳妇?别人晓得了,不骂你也骂我当老子的不尽心。夜猫说,那有什么关系?把马牙撬掉就是了。杨吊毛说,不行,撬掉了也不行,生个小孩还是会长马牙。夜猫觉得爹已经在犯浑了,一点不肯讲道理。于是夜猫说,不行你打我一顿。杨吊毛说，打不死你是不是，打了你照样还是不行。夜猫就不说什么了，爬到阁楼里去睡。

　　杨吊毛想起什么，说，夜猫，骂你顿饭都不吃了，跟谁怄气呢？夜猫说，吃鸟蛋吃饱了。其实他在狗小那里吃了一顿饱饭。狗小前几天不晓得从哪里弄来一袋大米，夜猫去找他，他就煮了扎实一鼎锅饭。米是上好的朗山大米，煮好了以后，饭皮子上漂着一层米油。夜猫吃着狗小的饭，狗小还一脸抱歉神色。他说，夜猫呵，早来两天就好了，我这里有两罐铁疙瘩肉，现在一丁点都不剩。夜猫觉得狗小真是蛮好的人，平时吃不饱饭，一旦有饱饭，也不悭吝，能够拿给别人吃。他没有把桑女所说的事告诉狗小。不要问，他觉得自己已经弄清楚了。他告诉狗小，桑女已经答应要嫁给他的。狗小也蛮高兴，说，好的好的。

　　次日起来以后，夜猫先是去了自家的苞谷地，掰下十来捧苞谷，并且把苞谷秆也砍成尺把长的秆子，用衣服兜着，再去放牛。见了桑女，两人依然去吊马桩那边，却没看到有别的谁来这里割草。那天天色难得地阴下来，河谷里不凉也不热，夜猫和桑女坐在一块整石头上，石头方方正正，像一张床。夜猫告诉桑女，说他爹杨吊毛已经答应他把她娶过来，只是觉得桑女的马牙不好看，要是能撬掉就好。桑女说，是你的看法还是你爹的看法？夜猫诅咒地说，都是我那狗日的爹才想得到的怪理由。

　　夜猫平躺着，用箬竹叶子吹了《嫁娘子上轿》，又吹出《嫁娘子过坳》。别家里娶亲的时候，唢呐手一律都会吹这两首曲子的。桑女听得起劲，声音却又断了。桑女转过身去揉了夜猫几把，说，再吹《跳火盆》。夜猫忽然闻见桑女身上有股栀子花的香味，狠命吸了一鼻子，结果胯裆里的那鸟就硬了起来。他看看桑女的前胸，翠花布的衣裋子里面藏着的东西已经长到圆茄大小。他说，你让我看看你裋子里面的东西，我才有劲往下面吹。桑女就抓一把石洼里的泥，抹在夜猫的脸上，说，我就晓得你的心思，总是打我奶子的主意，被你偷看去好多回了。夜猫说，没有，你让我看我才看。他没想到桑女把"奶子"这两个字也吐了出来。这一下，搞得夜猫一腔鼻血差不多流了出来。桑女问，是不是哪个女人的奶子你都想看一眼？夜猫赶紧骗她说，不是，我我我就想看看你的……桑女佯作生气的样子，问，你是不是老想着看我奶子，才要娶我？夜猫想了想，说，不是，真的不是。桑女轻轻地说，我们到那边去。那边有一丛茂盛的柘树，半个人高。夜猫心虚地往四周窥去，风吹动着草树，此外鬼也不见半个。牛在山腰吃草。夜猫想，莫非桑女怕被牛看见？两人蹲在柘树丛里，桑女刚要把衣裋子往上面搂，忽然又不愿意了。她轻轻地说，你把手放进来。夜猫抖抖索索地把手放进去，刚触到一团软肉疙瘩，桑女就说，行啦行啦，够啦够啦。并把夜猫的手扯出来，夜猫觉得自己什么也没摸到。这时他看见桑女的裤带是灰的。他不知为何就把手搁了上去。桑女把夜猫那只手拍开，脸颊上忽然泛起了酡红的颜色，像喝下一碗甜酒醪糟。

夜猫忽然想起，差不多十年前，有一天，天气很热，一帮男女崽子跳进河里洗澡，躲过午后那阵太阳。有的女娃子和着衣服跳进河里，有几个年纪很小的也像男孩一样脱光了。夜猫慢慢地凫到桑女的后面，看见桑女张开了两条腿拍着水。桑女下河不多，水性子不是很好。夜猫看见桑女两腿之间有一道缝隙。他知道，那就是屄，有人吵架时，这个字眼就会不断地挂在人们嘴上。夜猫的水性很好，他悄悄游上去一点，然后伸出指头在那道缝隙上掐了一下。桑女的反应竟然很激烈，在水中扭过身子要掐夜猫，结果呛了几口水。夜猫把桑女弄上岸。桑女吐出了水，人就没事了，但有好几天不肯跟夜猫说话。现在，夜猫跟桑女说起这回事，桑女却说，真的么，我可不记得了。

把苞谷秆外面的壳啃掉以后，白芯子可以嚼出略带甜味的汁液，但夜猫家苞谷地土不够好，白芯子嚼出了咸盐味。夜猫嚼了一截，就不想嚼了。他还是叫桑女赶两只牛回去，自己要把那十来棒苞谷送给狗小。夜猫又溯河往上走，去了屋杵岩。

狗小还没有弄饭，睡在河边草皮上，夜猫捉了两只岩蟹放到狗小的脸上，狗小才醒来，问是夜猫么？夜猫就应了一声。狗小说这几天特别清静，那些小孩都没来屋杵岩放牛了，所以白天也能睡得很死。两人就在河滩上烧起火来，用火灰烀苞谷。夜猫下到河里摸了一堆岩蟹。现在蟹壳还在发软，要到割稻那时候，蟹肉吃起来才香。夜猫忍不住讲起了自己跟桑女的事，还有刚才摸桑女奶子的事也抖了出来，吹起牛皮，说桑女每一只奶子足有他娘的三拳头大小，还说桑女让他摸了个够。夜猫说，我都摸出两手油汗，麻酥酥的，那个舒服，啧。狗小听得鼻子喷出了响，仿佛水快烧开时那声音。一边说着桑女，夜猫还一边不停地提醒狗小，狗小叔，可不要传出去。狗小唔唔地应着，听得很入味。后来，夜猫就问，狗小叔，你碰过女人吗？狗小气得笑了起来，说，你这崽崽，净找人的痛处戳。

狗小床板底下藏的那一小袋鱼子盐只剩三粒，紧巴点吃也就两天的份。幸好去检查身体那天，他跟两位南京城的大员讨要了一口。他想，南京城当官的家伙搞不好这一辈子就只见着那么一回，不讨要点东西就放过了机会。丁博士不但送了他米面，还送了他两块钱。他拿手里一摸，和双毫子差不多大小，摸起来有点凉。狗小吓了一跳，估计这是银洋。

现在，他摸出了其中一个银洋。这以前他只摸过两次银洋，一次还是搭手摸一摸别人的。现在自己一手抓着两个，感觉整个人就有些不同。他准备去茑头寨称一斤细盐，再搭夜猫去箕镇买一副猪心肺。猪心肺虽说煮不出一点油星，总归花钱不多，还好歹算是猪肉。现在手中攥了两个银洋，忽然想起来，饱饭这几天算是吃上了，却没有吃上一顿饱肉，想着有些窝心。他想炖一锅心肺汤，上面撒一层细盐，再拍一块子姜搁里面去骚味。只消这么一想，馋口水就挂出了一线。狗小眨眨眼睛，察觉到这一天光线很亮，太阳应是挺好的。狗小泅过了那条河，用棍子探着路往菟头寨子摸去。

狗小刚到寨口一株桐树下，想歇一口气，忽然听见一群小孩的声音，杂乱地嚷着，麻鬼来啦，麻鬼来啦。狗小也听过麻鬼的事情。他小的时候，别家的父母都用麻鬼吓过自家孩子，要他们晚上别出去乱跑。狗小没有父母，他有些羡慕那些小孩子，如果自己被麻鬼吃了，是没人管的。他听了小孩们的叫嚷，不免奇怪得紧，想，大太阳天，怎么见得着麻鬼？狗小杵着棍子循着小孩们的声音走过去，他想告诉小孩，白天是不会有麻鬼的，不要乱讲鬼话。狗小刚靠拢了那一片声音，忽然脸上还有身上就挨了几下，用手一摸，是泥巴。他说，狗日的崽崽，敢打你狗小叔。他虚晃了那根榆木棍子，但小孩知道他的眼瞎了，不怕，又扔过去几块泥巴。狗小张口骂人的时候，有一块泥巴恰好贴进了嘴皮。小孩看得笑了起来。狗小吐着嘴里的泥巴，心里挺恼火。他说，崽崽，老子烹了你们吃。狗小还做了一个鬼脸，朝小孩扑过去。小孩四下里跑，有一个四五岁大的孩子脚一滑跌在地上，再想站起来时，狗小已经走到他身边了。狗小勾下腰要把小孩拽起来，小孩扭头看看狗小黑洞洞的嘴巴，吓得直哭，还猛打哆嗦，想叫妈都叫不出来。狗小把那小孩扶起来，小孩又瘫倒在地上，脚一点都支不起身子。跑开几步的那几个小孩一起扯起喉咙嚷着，麻鬼吃人了，麻鬼要把鱼崽吃掉了。狗小一听，小孩原来是杨四家里的鱼崽，就说，鱼崽，你站起来。鱼崽还是站不起来。狗小就在鱼崽屁股上拍了一把,说,你再不起来,狗小叔就要走了。

这时候忽然有人冲着狗小的面门劈了一拳,还搡了一把。这样,狗小就翻倒在后面的草窝子里。狗小不晓得这人是谁,他看不见。然后那个人把鱼崽抱开了。狗小摸摸自己的面门,被那一拳打破了,淌出了血。狗小怨毒地诅骂着,狗日的,全家死绝。但他不知道这诅骂的话应该落到谁头上。狗小朝天骂了几句娘,就爬起来朝前走去。他想,我是来买细盐的。走到韩水光家的南杂铺子,一摸,门板是关着的。菟头寨不大,就开了这一家小南杂铺。

狗小撞着夜猫的时候,夜猫正要去牛栏。他看见狗小的脸也破了,身上净是泥污,就问,狗小叔你怎么啦。狗小把刚才的事讲给夜猫听。夜猫一听大概就明白了,他告诉狗小,是田老稀说了你的坏话。狗小不信,他说,他能讲我什么坏话?夜猫说,他讲你在煤井下面,是靠吃死人才活过来的……狗小叔,你,你真的吃了人没有?狗小愤怒地说,嚼他娘的蛆,我哪能吃人呢?那地方就埋了我一个,又没有别人。夜猫说,我也不信,哪能吃人呢?狗小叔,你被埋在井下的时候,要是旁边有个死人,你饿昏头了会不会咬他几口?

崽崽,嗯,不是这么个讲法。狗小想了想夜猫的问话,忽然来了些难堪。他说,夜猫呵,我要去找狗日的田老稀评理,你去不去?夜猫说,去就去,评了理我再去放牛,屁事。两人就一前一后,一快一慢地走着。往田老稀家去了以后，夜猫忽然想到桑女。想到桑女夜猫的头皮就发紧。他想，要是田老稀不是桑女她老头子就好了。

夜猫把狗小带到田老稀家里，狗小就用榆木棍砸田老稀家的门。田老稀家也是杉皮门，只不过钉得考究些。砸开了门以后田老稀就走了出来，他说，狗小，你他娘的也敢砸我家的门？恶叫花子讨霸王饭是不咯？狗小说，老稀麻子，你凭什么说我吃人？田老稀眼睛一转，看看后面站着的夜猫，说，奇怪了，我又没说你吃人。你吃不吃人我又没看见，轮不着我说。狗小说，你说了，我晓得就是你讲出来的，现在崽崽们一见着我就喊麻鬼。田老稀心虚地说，关我屁事。他们要叫我有什么办法？狗小拖着哭腔说，日你个娘哎田老稀，你才是麻鬼。田老稀本来就长了一脸麻子，一听这话不高兴了，他说，叫花子狗小，我正要弄饭吃，不想和你扯这些鬼话。你走开，我不和你计较；你赖着我也不会多煮一个人的饭。狗小一屁股坐在了地上，说，老稀麻子你这个杂种，你只要告诉我，是不是你说的我吃人了？田老稀说，不是。狗小说，我晓得是你说的，你敢不敢诅咒？田老稀说，怎么个诅咒法？狗小说，要是你说的，你就全家死光光。田老稀呸的一声，拢过去踢了狗小一脚，说，话还没讲清楚你他娘的就敢咒我。田老稀踢了一脚还不解气，又踢了一脚。这下狗小暗自做了准备，田老稀踢来时他一把抱住田老稀那只短脚，一口咬在他膝盖上去三寸的腿筋上。田老稀腿脚粗短，狗小那一口没有咬到实处，顶多挂了几颗牙印子。田老稀哇哇地怪叫起来，他说，狗小呵我这一身老骨头你也想啃？我让你啃让你啃……田老稀手脚一齐动了起来，又是拳法又是腿功，下冰雹子一样往狗小身上来。狗小闷哼了几声，先是骂娘，后面就求援似的叫着，夜猫，夜猫，帮帮我呵……

夜猫硬着头皮靠拢过去，攥住田老稀一只手，说，田叔田叔，算了。田老稀一把推开夜猫，说，韩家崽子，别搡进来，要不然我替你爹吊毛打你一顿，你信是不信？夜猫倒不是怕他爹，一想到桑女的事，就开不了口了。杨吊毛听着声音找过来了。他家本就离得不远，见夜猫也在场，就骂了一句真是讨卵嫌，牛都不放了，看鬼打架啊？杨吊毛把夜猫拉了回去。

不用多久，狗小被田老稀打得趴在石板上，哼哼唧唧。田老稀这时也用不着隐瞒了，一边打一边说，就是我说的。丁博士都说，你他娘不吃人肉活不过三个月。你以为躲在地洞里吃人没谁看见不是？……打你？打你还是轻的，打死你也是为民除害。你都敢吃人了，还怕挨打，真他娘的毫无道理。

田老稀打人的声音把四围的邻人都引了过来。是吃上午饭的时间，许多人端着碗一边扒着饭一边看田老稀打人，还互相挟着碗里的菜。狗小是一脸哭丧样，却又听不见他哭的声音。这时，骡崽回来了，看见自家堂门前有那么多人，不晓得是哪回事。骡崽才六岁大，扒开了人群，看自己爹没有吃亏，这才松了口气。他扯起嗓子问，爹，为什么要打狗小叔？田老稀看是儿子，手脚不停，嘴里却说，你爹被狗咬了一口，正在打狗呢？骡崽说，狗小叔你为什么要咬我爹？但是狗小已经讲不出话来了。骡崽就走过去，朝狗小的胯裆里踹一脚。田老稀看得很高兴，夸奖地说，我的崽哎，有志气。骡崽得了他老子夸奖，笑了。

田老稀疾风暴雨地挥了一阵拳，累了，就停下来歇口气。狗小趁这工夫缓过神来，张口又骂，说，老稀麻子，你今天不打死我，迟早弄死你全家。田老稀往手上啐了两口唾沫子，又攥了拳打。旁边看的人就说了，狗小哎，打又打不赢，逞什么嘴硬嘛，诅人家全家死光做什么？你讨个饶，我们也好帮你求个情。田老稀听得高兴，手上又来一股邪劲。现在他踢狗小的屁股。那天丁博士说狗小身体有些虚，田老稀不想这狗一般的家伙死在自家堂门口。不消半袋烟的时间，狗小就讨饶了。狗小说，唔唔，日你娘哎老稀麻子，我讨饶了行不？旁边看的人说，是嘛，老稀麻子，你就算了吧。田老稀本来也不想再打，他自己都打得有些虚脱了，比薅了几亩地的草还亏气力，正好趁这机会收了手。

田老稀便蹴在一边，问旁人要了一撮烟卷成喇叭筒，燃了起来。狗小好半天才爬起来。首先，他屁股翘了起来；然后，两手两脚尽量地往回缩来，抓起榆木棍往地上杵，然后撑起自己。他整个人是一截一截子竖起来的，像一条竹节虫。他啐了一口带血丝的口水，跟跟跄跄走出了寨子。狗小的嘴巴不断地蠕动。田老稀晓得他还在诅咒着恶毒的话，但狗小没有发出一丁点声音。田老稀想，刚才我应该往他腮帮子来几个耳刮，这样他下巴就没得劲动弹了。

夜猫过几日才帮狗小买来一斤鱼子盐。狗小在床上躺了两天，没吃东西。夜猫买来盐以后，狗小嘎嘣嘎嘣地嚼了两粒拇指头大的盐粒子，人就有了劲，坐了起来。夜猫说，要不要去弄一副伤药？狗小说，钱不能乱花。你去找一把猪料草，就行。夜猫不信，他说，狗小叔，你身上血口子有好几道，淤肿，猪料草就能治？狗小苦笑着说，不晓得几味伤药，还敢去当叫花子？夜猫去到山坡上，猪料草到处都是。夜猫胡乱扯了几手，回去给狗小。狗小把猪料草填进自己嘴里，嚼成糜状，再涂到创口上，还有淤肿的地方。夜猫说，这就行啦？狗小说，对，这就行了。

杨吊毛晓得自己的崽有事没事老往屋杵岩那地方去。他倒不担心狗小会把夜猫吃掉。夜猫已经是十六七的人了，气力还蛮大。狗小那么瘦弱，怕是有两个狗小都不容易把夜猫摁住。但是村人现在纷纷传言狗小是吃过人的，夜猫老和他混在一起，时间长了，搞不好村人对夜猫有所嫌弃。杨吊毛的另一桩心事在于桑女。他想，夜猫和桑女天天避开别人，躲到一边放牛，两人干些什么勾当就不好讲了，万一哪天桑女肚子大了起来，那如何是好？到那时，夜猫想不娶桑女都不行，田老稀肯定张开了口讹钱。杨吊毛又想到田老稀。田老稀不好惹，据说以前田老稀和他哥田黑苗分家产时，田老稀拿铜炮子枪把他哥轰了一家伙。田黑苗自那以后成了个瘸子，走路像纺车把子一样前后摇摆。

瘸子憋着气，只得每天朝天骂一通娘，田老稀还不罢手，把瘸子揍上一顿，结果瘸子几乎成了半瘫子。那天田老稀打狗小的情状，杨吊毛也记得。杨吊毛想，狗日的田老稀活脱脱一副王八脾性，咬住了就死不松口。杨吊毛越想越是认为，把桑女娶进屋无异于娶一桩祸事。

杨吊毛把这事情跟婆娘讲了，婆娘也认为田老稀家是桩累赘，躲都躲不盈，哪能去攀亲？回头婆娘就去找人商量，看能不能帮夜猫找份学徒工做做，好歹先离开菟头村子一阵，时间一长，不定夜猫自己就断了这份念想。杨吊毛的舅子帮着找一份事，有个屠夫眼下缺人手，不过地方远点，在界镇那边，一去五十里地。学徒两年管吃住，免帮师。杨吊毛一口答应下来，说，好好好，再远些都好。跟夜猫说了这事，夜猫不乐意，他说，杀猪也要学个两年，真奇怪了。杨吊毛说，你是不晓得好歹，只消两年就学得一门吃饭手艺，还能到哪里找去？人家店伙计学站柜，还要学徒三年帮师三年，白天晒扫夜晚帮师娘涮换尿壶——再别说学抓药了，背个千金方本草，四五年就消磨了。你有那记性嘛。夜猫嘀咕地说，哪有那么玄乎，不就是手起刀落的营生嘛。杨吊毛说，手起刀落的营生你也配？那是杀人，你能杀好猪就不错。就怕你两年下来还没练出个吹胀猪肚皮的气量。再别说拿眼估买囫囵猪了，一眼看去就要估出个轻重，估多了赔老本，估少了耍奸，哪这么容易？夜猫想起来了，杀了猪前蹄子上开一眼气眼，得把猪皮吹得像胀气蛤蟆，才好刮那一身硬鬃。还别说，这功夫没有年把时间，真不容易学上手。夜猫不作回答，也不再吭声。杨吊毛趁热打铁地说，学屠夫别的不说，隔三差五能吃到猪下水，哪里找的好事？

　　夜猫不乐意去杀猪，首先是屠夫这活是坐店生意，顶多去村寨收毛猪时有点走动。他想学弹匠，弹棉花的从来都是四方游走。但杨吊毛死活也不准。再一个事，夜猫的心事全在桑女身上。那次在吊马桩那里开了张，夜猫每晚都想着桑女那鼓凸有致的身子，一去放牛，心事就在桑女衣裥子里揣来揣去。说来也日怪，手揣进桑女衣裥里，感觉无非是两块活肉，揣着有些软乎还有些热乎——也就那回子事。但一到夜晚，一脑门心事又全绷在上面扯不开了。夜猫想，这可能就是女人的好。慢慢的，夜猫怀疑男女间的乐事不在这里，而在于胯裆里面，要不然为何两人胶在一起时，最不安分最不肯消停的偏是胯裆里那只鸟呢？但夜猫一时苦于不晓得如何用法，绕着弯子问桑女，桑女显然也发着蒙。隐约听得有人说，男女那档子乐事，非得要成亲之夜，新嫁娘的母亲递一本小册页到女儿手里。女儿只消睨上几眼，就晓得如何让女娃变为妇人，让崽崽变为丈夫。那册页据传，名为《枕中笈》，内有唐伯虎传下的插画，看着能让人喷鼻血，夜猫却从未见过。夜猫最近一阵时日，被脑子里这些猜想折腾得消瘦了些，又不好问人，怕别人传出去丢脸，只好去问狗小。一寨子的人，夜猫都信不过，有话讲给狗小听，夜猫就用不着忌惮了。狗小用猪料草敷伤处，身上竟然愈合了多处。但狗小哪晓得男女之间这事。他想了半天，说，会不会，和那些狗子的交媾，是差不多动作？夜猫不信，他看着狗交媾的样子就觉得恶心，要捡石头追着打，直到把狗公狗娘打散伙了为止。

夜猫拗不过父母，应了去界镇学杀猪的事。临去前夜，他摸着月亮在桑女家屋后学几声斑鸠的声音。以前学的是杜鹃鸟，怕次数多了，田老稀听出个端倪，便换一种叫法。夜猫能学的鸟叫多了。桑女睡在柴房上面，捱到父母那房灭了灯，就摸出去。两人在韩水光家的草垛后面讲了半夜悄悄话。夜猫想着，自后起码是几月时间见不着桑女，不禁燥热得紧，把桑女的身子摸了又摸，一时又摸出许多别样不同的感觉来。桑女让夜猫摸够了，就趴在他耳边说，你去学徒上心一点，在界镇那边落下脚吧，再把我娶过去。我想做一个镇上人。夜猫说，做镇子上的人有什么好喽？桑女说，反正，离开这兜头寨子就行。夜猫不说什么，把桑女的衣裙子搂了起来，慢慢脱去。桑女竟然变得很顺从。在月光下面，桑女的皮肤镀上一层银灰的颜色，看着暗淡，却有一种耀人眼目的微光闪烁。桑女问，好看吗？夜猫压抑着鼻息说，好看。

夜猫本来还想去屋杵岩和狗小道个别，杨吊毛催得紧，夜猫第二天一早就要上路。夜猫心里想，回来的时候，给狗小带一副猪心肺，炖它一大锅心肺汤，让他一次吃个腻歪。

夜猫走以后，桑女就为自己那颗马牙发起愁来。夜猫说他老子杨吊毛不喜欢这颗马牙，还说马牙会越长越长，最后嘴皮子都封盖不住，龇出嘴巴。夜猫说，你听到不咯，老鼠每天晚上都要磨牙齿，就是因为它们牙床子上长得有马牙，不磨的话就会翻出嘴皮，吃不成东西。桑女，你是属什么的呢？桑女只知道自己是十三年冬月生的，搞不清属相，田老稀从来不跟她讲。夜猫掐着手指算了半天，说，喔唷，真的是属鼠。桑女就很担心，要是真的这样，那实在见不得人。她把心事讲给娘听，娘就在她脑门子上杵了一指，说，听谁讲的鬼话？长有马牙的多了，也不见谁最后就长出獠牙来。桑女听了娘的话又安稳几日，每夜睡觉之前，把食指放到牙床上轻轻摸一摸。她吃惊地发现，那颗牙齿竟然在长。

桑女撺着人赶了一趟箕镇的场，场上有个下江佬支了个摊子专门拔牙。桑女过去问了价钱，下江佬说锉牙要五角洋，门牙只消四角洋。待桑女拨起嘴皮让下江佬看看那颗马牙，下江佬说，吓，这马牙最是难弄，没有八角洋，不敢动手。桑女说，门牙还大些的，只消四角洋。下江佬说，拔牙又不看大小斤两，宁拔三颗门牙，也不敢动你那马牙。桑女只是来问个价，一听要八角，就死了心。她晓得自己弄不来这多钱的。回去以后，桑女发现那颗马牙还在长，像黄豆出芽一样，摩挲在上嘴皮里面，阵阵发痒。这种痒胀的感觉，撩得桑女心里也阵阵发毛。她打定决心，自己置办掉这颗牙。

次日，桑女在自家房梁上撬出一枚钉子。钉子有年有月了，已经有一层锈壳。桑女磨掉锈壳，里面呈现出烟黄的颜色。放牛的时候，桑女依然避开别的人，独自把牛放到吊马桩去。她还是喜欢去那里，那里仿佛是她跟夜猫两个人的窝。她到水面磨那一枚钉子，不费多长时间，钉头现出锃亮颜色，在阳光底下折着刺人眼目的光。桑女想起以前钉耳洞也是自己办的——先是花几天的时间，用手指不停捻耳垂，捻得薄薄的，就剩下两块皮，再一咬牙，那枚火棘刺一下子就穿透了耳垂。往创口上抹一把细盐，没几日就愈合成耳洞了，可以挂耳坠子。现在，要挖这枚马牙显然要难得多。桑女不断地给自己提气壮胆，想到长痛不如短痛，那马牙挂出来可就惨了，别人说不定会讲自己是个蛊婆。她不断地用铁钉掀那颗马牙。她想，牙迟早会松动的。到日头偏西的时候，桑女觉得那颗马牙果然有了松动，就狠命地把钉刺进了牙旁边那丝缝隙。她尖叫了一声，没有人听见，只惊起苇地里那对鹭鸶。那颗马牙掉了出来，落在掌心。桑女看去一眼，马牙只有火棘泡大小，靠里一侧有桩子，挂着血丝。桑女趴下身子喝了许多河水漱口，创口总算不再流血。桑女捂着痛处，心里想，夜猫呵你个死夜猫，你可晓得我为你遭受那么多罪么？

狗小费了十来天，天天嚼猪料草往身上敷，伤肿才算消了下去。狗小拿手往身上一摸，新结了好些痂。这天狗小伏在床上，手探到后背，掰下来一块痂。狗小把痂放进嘴里嚼起来，嚼出一股咸腥的味道。这味道使得狗小再次记起田老稀揍他的那回事。狗小把嚼碎的痂咽进肚里，觉得自己身上忽然长出了一股气力。被埋在矿井下面时，狗小无数次以为自己即将死去。将死之前，狗小对自己说，要把这一辈子翻出来，细细地想一遍，才好痛快地闭上眼睛。以前的一切竟然变得浑沌。除了无边无际的饥饿，没有任何一件事，任何一个人能够清晰地映现在脑子里。这些天，他一直躺床上，两天吃一顿饭，五天拉一泡屎。他恍惚觉得自个像是回到了垮塌的矿井里面，并且不停想到了死。但眼下，每回想到死这事，田老稀的面目就蹭地一下冒出来。狗小咬牙切齿地想，死是要死的，但田老稀应该遭报应。怎么个报应法，狗小死活想不出来。

狗小打算先去县城找找丁博士。那天丁博士检查过他的身体以后，递给他一张片子。丁博士说他本人会在县府住一段时间，如果狗小有事，不妨来找他。狗小不要那片子，他看不见上面的字迹，再说，即使看得见也抓瞎。狗小就认得"小"字，还认不得"狗"字。现在，狗小琢磨着，去了又能怎样？可不敢质问丁博士说，你凭什么要讲我吃过人。狗小认为，混他两餐饱饭，应是没什么问题。吃饱了饭，说不定就能想出对付田老稀的办法；如果运气好吃上几盘肉菜，那么，死了也没什么遗憾。

狗小不敢经菟头寨去县城。他沿河往下游去，到了大水凼，再折上山路去向县城。这一路绕了十来里，但是不会被人扔泥巴。天黑以后，狗小摸进了县城。县府在以前的天王庙里面，如今已经翻修得很气派。狗小找得到地方。丁博士和凌博士都走了，但出来一个同样讲南京官话的年轻人接待狗小。那人见了狗小，就说，你就是韩狗小先生？啊哈，久仰久仰，你可是个了不起的人物呵。丁博士有过交代，说要是你来，一定要我安顿好你。我是他老人家的弟子，姓马。你叫我小马。狗小听明白了，说，丁博士还会回来？小马说，搞不定会在这里长住。蔡院长是布下了任务的，要到这里开拓民族学。这话狗小就听不懂了。

小马问狗小有何贵干，狗小老实地说，只想讨一顿饱饭。小马去安排了一顿饭，桌上专门捞了一碗油肉。狗小吃着碗里的油肉，有种说不出的舒服。他想，油肉真个是天下第一好吃的东西。他把那碗油肉吃了个精光，意犹未尽，结果晚上就跑肚子蹿稀。小马照顾得周到，送来几粒药丸子，要狗小和着温水吞服。药丸子有两味，一味很苦，一味很甜。狗小要小马把那种甜味的药丸多给几粒。次日吃晌午饭，小马请狗小吃的肉菜是熘肥肠。狗小吃完肥肠还吸溜光汤水，心里想，原来这熘肥肠才是天底下最好吃的菜。晚上吃的是氽汤肉。狗小觉得氽汤肉没有肥肠好吃，也没有油肉那么多油水，于是在心里说，氽汤肉应该是第三好吃的菜。又过去一天，丁博士没有回来。小马照样招待，没有嫌恶他的意思。狗小自己却隐隐不安了。狗小从来没这么痛快地吃过连天饱饭，真正吃上了，却又总觉得会出什么事，右眼狂跳。吃肉的时候，他老是晦气地想起了田老稀。第三天晚上，狗小正喝着肉汤，脑子里腾地冒出个主意。这主意使狗小彻底打起精神来。狗小打算不再蹭吃下去。他想，即便丁博士的确造过谣，这几天的饭菜也算是兑脱了。再这么待下去，多吃上几顿饱饭，搞不好自己就会没心思对付田老稀那杂种。狗小跟小马告辞，小马也不多留，只是嘱咐他，过一阵子再来。狗小说，那好得很。

是田老稀造出来的谣言给狗小提了个醒。他想，你造谣说我吃人，要是我不吃人，岂不是亏了？现在我吃条把人，这样，才会心安理得，对得住你田老稀。狗小头一个想到的是骡崽。想到骡崽，狗小整个脑袋如灯盏一般豁然亮起。他想，怎么不早想到呢？那条崽崽被田老稀养得白胖粉嫩，把他吃了，田老稀少说得咯七八碗血，折五六年阳寿。有了这种想法，狗小一路走得蛮快，再一想，心里不免犯难——以前眼亮的时候，捉一个五六岁的小崽崽不是难事，现在，看又看不见，骡崽听了他爹的话决计不敢靠拢自己，如何才抓他得住？

这一路上，狗小不断记起那说书人说过，麻叔谋那厮，吃了死孩子，再什么奇珍异馔都味同嚼蜡。照这么说来，死孩子肉岂不是天底下第一好吃？竟比熘肥肠油肉佘汤肉还要好吃？狗小不大肯信。

狗小回到屋杵岩底下自己那破屋子，即刻动手，搓起草绳来。床板子底下有两捆隔了年的稻草，经过霜，没受潮，韧性还过得去。狗小搓草绳倒有一手，即便瞎了眼睛，也没影响手上功夫。狗小一手把绳一手续草，三搓两搓，草绳便蹭蹭蹭地在手心蹿长。狗小想，可惜，要有些生麻棕鬃添进去，绳就更结实了。狗小搓成一条一股归总，上面多股分叉的绳。平日里狗小捉竹鸡所用的麻线地套，差不多也是这种样式。

　　放牛的小孩如今都不来屋杵岩，通常把牛赶去黑潭那边。这天，狗小把搓好的那两把草绳盘成圈，挂在肩上，循着河往上游走去，走了约摸三里地，便听见放牛小孩们相互吆喝的声音。再前行一段路，能听见小孩们竞相从高处扑腾到潭中的声音。河谷绵长而又封闭，声音总是沿着河谷上下游动，长久不能消散。狗小的水性子很好，他趴在河畔一块柱石后面，痛苦地想，要是眼还亮着，一个猛子扎到潭里面，悄悄把骡崽的脚拽住，往潭边乱石豁口里拖，三下两下溺死这小把戏，鬼神不知，痕迹不落，哪像现在这样麻烦？他省略着这些想象，自顾往矮树林子密集处钻，不让那帮小孩发觉。这天天气大热，狗小唯一可放心的，是那帮小孩悉数钻进了水里躲避阳光，不可能去到山上守牛。狗小摸到牛群经常聚集的那一片草窠子，撮起嘴发出一阵喑哑的声响，那一群牛缓缓地朝狗小围拢过来。狗小嘴里继续撮着那种声响，并抚摸拢在身边的牛。摸了几头牛，都不是骡崽家的。狗小认得那头牛，田老稀去年冬月才买进来，是只牛崽子，得到明年才会开犁翻地。苑头寨子统共六七十股烟火，牛却只六七头，现在全都聚拢在一起。狗小终于摸到了骡崽的牛，牛粉嫩的舌头舔着狗小手板心。这头牛舌头还光滑着，鼻头沁出的水珠比老牛要多，犄角不过五六寸长。狗小确定这是骡崽的牛。

　　狗小轻叱着，拍拍牛臀，把牛撵到不远的草坡下面。

那里一片矮小的柞树、马桑还有散把木。矮树丛中间杂着几棵稍高一些的桐树。狗小分出一截草绳缚紧了牛的两只后蹄子,把绳的另一头拴在桐树桩子上。牛崽扯起后蹄要走开,使了几股子急劲挣扎,却没能挣脱,也就安静下来,围着那蔸桐树找草料吃。狗小待牛消停下来,就开始了埋地套,把那只草绳归总的那头拴死在另一蔸桐树上,再把草绳每一股分叉结成活套,布在地上,还抓起地皮上的浮土枯叶掩住草绳。狗小用自己的腿试了试,探进其中一个地套再要走动,那一股绳就绷紧了,把腿缚住。狗小这才放心,褪下绳,再次掩埋。狗小想,骡崽,攒劲把身子洗干净,省得你狗小爷爷到时再洗涮一番。

狗小哪里晓得,这整个过程,被潭中那一帮小孩看个通透。小孩们老早得知狗小两眼都瞎了。纵使他要吃人,小孩们也不觉得如何凶恶可怖。伏大跟骡崽说,骡崽,瞎子狗小要偷你家的牛。骡崽只觉得狗小偷牛的动作太笨拙,差点笑出声来。年岁大点的毛脚拊着耳朵跟骡崽说,跟着他去。骡崽点点头。小孩悄悄泅上了岸,蹑手蹑脚尾随着狗小,心头都有种莫名的快意。狗小埋草绳的时候,小孩们看明白了——那是地套子。看样子,狗小瘾头上来了,布好了圈套,急不可待要捉一个活崽崽。

狗小埋好草绳平整了浮土,这才松一口气,心情无端地好起来。他记起以前捕鸟时那种乐子,不仅是拔了毛去了肚肠吃鸟肉,还在于守候时窃喜的心情。狗小藏进一丛马桑树,悠闲地等待着,一摸树上,结着马桑葚,就捋了

47

一捧吃起来。这东西略微发甜,但吃多了会死人。四周安静下来,狗小尖起耳朵,听见一些风吹草长的声音。

那一捧马桑葚还没吃完,就听见有小孩跑来,狗小不得不把余下的葚子扔掉。狗小再次把身子往矮树丛里面缩进。小孩的脚步声已经移到七八丈外的地方,狗小估计来的是骡崽。狗小的心悬了起来——这毕竟比捕几只竹鸡来劲得多。

来的果然是骡崽,他惊诧地说,咦,狗小叔,你怎么蹲在那里?狗小应一声,难堪地想,真他娘的,眼睛瞎了,把自己都藏不住。他只有站了起来,两手提着裤腰,佯装刚解过手的样子。他说,哦,是骡崽啊。骡崽说,我来赶牛。我家这头牛野性,爱乱跑,什么时候跑到这边来了。狗小就说,你的牛也在吗?骡崽说,在的,就在你屁股后头不很远的地方。狗小说,把牛赶走吧,别让它乱走。骡崽就嗯了一声。狗小蹲了下来,依旧支起耳朵,听着动静。骡崽却并不慌着去赶牛,而是从地上捡起一片苦楝树叶子吹了起来。骡崽说,狗小叔,他们说你爱吃人肉。人肉好吃不咯?狗小按捺住性子,放缓了语调跟骡崽说,崽崽,你看你狗小叔是吃过人的人吗?吃过人的话,眼睛会是红的。骡崽仔细地看看,说,狗小叔,你的眼白是红色的。狗小赶忙合上眼皮,说,不要乱讲,眼白怎么会是红色的?骡崽继续问,人肉到底什么味道?狗小叔,你不会吃我吧?狗小说,不会不会……嚼你娘的蛆,我从来就没吃过人。骡崽说,我想也是,要是你吃人的话,哪能那样精瘦,像柴屑一样。狗小挥了挥手，说，快把你家牛赶走，别回去晚了你那个狗爹又要揍你。

骡崽就不说了。狗小听见矮树丛里有一阵摩挲着的声响，他知道，那是有人正钻进里面。果然，眨眼工夫骡崽就发出喔唷的一声。狗小问，怎么啦？骡崽说，狗小叔，哪个狗日的下套把老子套住了。狗小说，崽崽莫怕，狗小叔来帮你解套。狗小内心一阵狂喜。总的来说，这一天干什么事都还顺手，严丝合缝地往预想里走。骡崽轻声哭了起来。狗小正好循着声响摸过去，嘴里不停地稳定着骡崽，说，在哪里？不要哭，狗小叔来了。他摸准了地方，俯下身子跟骡崽说，套着哪条腿了，伸过来。那条腿便乖乖地伸了过来，被狗小捏在手里。狗小一摸，这腿上的肉和毛孔都有些粗，不是想象中那般细嫩，不禁稍稍有了些遗憾。再一摸，就觉得不对头。骡崽毕竟才五六岁大，怎么生了这么粗的腿，还长着发硬的脚毛？没道理呀。

这时他听见韩水光的儿子的声音，说，狗小，你摸错了，嘻嘻，这是我的腿。骡崽的腿在那边。这时，狗小听见六七个孩子迸发出齐整的笑声，笑声都从贴身的地方传来。然后，泥巴和石子一阵疾雨似的往狗小身上砸来。狗小赶紧用双手护住头皮，趴在地上，一咧嘴就吃进了枯叶和泥巴。他这时恍然明白，日他屋娘，被一帮崽崽活活日弄了。

回去后，狗小不敢在河滩那茅屋里过夜，把屋里尚余的那半袋吃食拎着，爬进了月亮洞。他揣测得不错，晚上河那边真就发出一阵响声，一伙子人可能亮着松膏油的火把冲这边来。不用看狗小就晓得，领头的是田老稀。狗小觉得躲在月亮洞也是不安全的，只有钻那岔洞子往后山去。村人都怕那岔洞里的漏斗天坑，轻易不肯进来。两袋烟的工夫田老稀领着一帮姓田的房亲爬进了月亮洞，往四壁照一照，察觉得出狗小来过。火把烧得差不多了，田老稀不敢钻岔洞子，怕折返的时候看不见亮。田老稀在月亮洞大声地骂着，日你娘哎狗小，小心你狗命。有种你拱出来，我晓得你猫在山洞里。狗小哪敢出去？在一眼石孔隙里缩成一团。田老稀下去以后，把狗小的茅屋点着了。狗小在洞子上面，仍听见火烧旺了以后那阵哗哗剥剥的声响。

　　桑女突然病在床上，爬不起来，一脸谵妄状态，说胡话，吃饭也要她娘一勺一勺喂到嘴边。请来草药郎中，郎中掰开桑女的牙只看了一眼，就甩着脑袋说没治了。草药郎中说，这是丹毒，又叫创口风，草药毫无办法。田老稀舍些钱去铁马寨子请个女大仙，给桑女这病杠上一堂，大仙说，是中了蛊毒。

　　田老稀疑心，这蛊是不是狗小栽下的？他想，桑女无非就是牙床上有那么一丁点口疮，何事会死人呢？毫无道理啊。他曾听人说，学放蛊用不着多久时间。只要拜了师傅认进那道邪门，几天工夫就能学下来。前一段日子，狗小离开屋杵岩，出去了几天，回来也不见讨着什么东西。把事情串起来前后一想，田老稀断定狗小这一向所做事情定然都是冲自己来的，前一阵出门，定然是到哪处山旮旯里认了放蛊的师傅。田老稀跟别人说，现在，狗小已经不是叫花子狗小了，也不光是个瞎子，他见人就放蛊。

狗小那天照样睡在月亮洞里，不晓得白天黑夜，醒来就吃袋里的苞谷和红薯。苞谷好歹要烀熟了吃，红薯可以生吃。狗小肚里不停地蹿风。狗小这几日身上不疼了，脑袋却晕得厉害。他疑心自己的阳寿快要到头了。以前有个老叫花告诉他，做讨匠这一行当，囫囵吃进乱七八糟的东西，内体毒物聚得有挺多，平日看着还能撑，一旦得个病趴下来，会死得挺快。狗小只是有些遗憾，到底没能让田老稀那个杂种遭报应。

狗小正乱七八糟想着，忽然听见一片杂乱的响声。正有一伙子人爬进了屋杵岩的空腔里面，估摸着就快上到月亮洞了。狗小记起了当日遭打时那种疼痛，浑身打起了哆嗦。现在，只要听见有人的响动，狗小就会骇怕不已，老以为别人是来打他的。这一片杂乱的脚步声来势汹汹，断然不是好事。狗小爬了起来，隔着那层眼翳，他察觉不到任何光亮，于是以为现在已是晚上。狗小心里一急，竟然忘了自己睡时是朝着哪个方位，现在，一时找不到通往后山的岔洞口子。那岔洞口子在月亮洞的石壁上，要踩准了几处石磴子才进得去。狗小拿手在地上乱摸一气，想摸到两块大点的石头，攥在手上。纵是躲不过去，也得用石头砸向那些扑过来的人。可是，狗小只摸到两块半个拳头大小的石子。

进来的人逮住了狗小，不由分说，把狗小打趴在地上。狗小只得拖着他擅长的那种哭腔讨饶，说，何事又要打我，讲个理嘛，唔唔，何事又要来打我？有人在狗小屁股上作死地踹了一脚。狗小本来趴着的，这一脚踹下来，狗小整个摊开了，呈大字形状，严丝合缝地贴紧在地上。泥巴地面升腾着湿腐的气味。接着，狗小听见田老稀的声音在说，你对桑女做下了什么，你他娘的自己心里清楚。狗小惶恐地说，我能做什么，我睡在洞子里，根本就没往寨子里去。田老稀说，你往她身上放蛊。狗小说，你他娘的才放蛊。田老稀就正反手给了狗小好几个脆响的耳光，打得狗小连牙带骨吐了出来。田老稀掴完了耳光，摩擦着隐隐生痛的手掌，说，没必要跟你这放蛊的家伙讲什么道理。我们苑头寨子从来容不下有人放蛊。趁桑女还没死，让你先去阎王那里报个信，要阎王腾一个好地方。

田老稀把一桶桐油淋在狗小的身上。桐油在狗小身上缓缓洇开。狗小闻见桐油的气味，那是大户家的木楼才能有的气味，以前，他专门循着这种气味去寻找大户宅第，冀图讨要到剩余的饭食。运气好的话，大户人家泔水里面还能有几块黏附着肉渣的骨头。狗小登时明白了，田老稀存心要烧死他。这一桶油不会没有缘故就泼到自己身上。狗小也不敢挣扎，干脆翻了个身，把脸往上面搁。上面有一眼窟窿。他晓得，月亮出来以后，会路过那窟窿。以前他无数次看过金钩挂玉的景象。

田老稀急不待要把火苗子扔到狗小身上。田姓房族里有个辈份高的人拽住田老稀,说,等月亮照进洞子,再烧他不迟。田老稀不耐烦地说,迟早都是个烧。那人说,听说别的寨子烧蛊公蛊婆,都是在太阳底下烧的,说是夜晚烧,怕阴魂不散。也不必等到明天了,过一会儿月亮照进洞子,见了光,再烧不迟。田老稀蹙起眉头一想,就说,那要得,也不慌在这一时。狗小躺在地上,一丝气力也没有,但耳朵听得清楚。眼下果然是晚上,等会儿月亮照进洞子,就是自己见阎王的时辰。以前,他也是这样躺在这洞子里,看见窟窿里的月亮,惯爱把月亮想象成一块大户人家中秋夜才吃的薄饼。现在,虽然肚皮也在饿着,狗小却不再把月亮想成薄饼。狗小心里恶狠狠地想着,要是能爬到月亮上,就把月亮一块块掰下来,照地面上那些细若蚊蚋的人们砸去,砸死一个算一个。全都砸死了,才他娘的省心。

狗小老觉着眼里逐渐有了光感,他以为是月亮已经来了。他静静等着自己身上燃烧起来,但田老稀并没有动手。狗小知道,那是错觉,今晚的月亮迟迟没有进来。田老稀叫了一个堂侄跑下去,看看月亮还有多远。那堂侄就钻了出去,下到河滩。一袋烟的工夫,他在下面大声地喊,快了快了,月亮已经过了吊马桩,打这边来了。狗小也听见了这阵叫喊。田老稀说,狗小你他娘的还有半个时辰好活。说着,田老稀阴恻恻地笑了,他觉着手头捏着别人的生杀,真个是蛮有意思。

不想节外生枝,韩保长晓得这事,派了几个人来到洞内,要田老稀停手。韩保长派来的人说,田老稀,你他娘的要烧人都不通报一声。南京城的丁博士过一阵子还要请狗小去县城。到时候交不出狗小，就剥你的皮点你天灯。田老稀不敢造次，只敢往狗小身上唾几口，放话说，留你多活几天。一洞子的人都回菟头寨了。狗小觉得自己身体软得就像一只蚂蟥，费了好半天的劲，他才把一身打散的骨头重新聚拢，缓缓地爬起来。他搞不清楚，自己背心上黏湿的东西，是桐油还是汗水。这时，眼里真正有了一层浮泛的亮光，他知道，真个是月亮照了进来。这晚的月亮让狗小吓破了胆，狗小忽然间又想捡起石头，朝月亮砸去。

过得两日，狗小正在芭茅草里躺着，忽然听得河上游飘来一阵女人的哭泣声。狗小立即想到，是桑女死了。上游河边那个湾，地名就叫崽崽坟，菟头寨子夭折掉的崽崽全都埋在那地方。桑女要是死了，定然也往那里送。狗小心头一喜。这两日来，狗小头一回有了喜色。狗小想，活的骡崽捉不住，不信你家死了的桑女还能跑掉。但崽崽坟距屋杵岩隔了几里路程，狗小腹中饥饿，心里想，就是把桑女刨出坟堆，又怎能搬到屋杵岩这地方呢？一拍脑袋，狗小冒出个想法，不妨借助这河水，像春潮时放排一样，把桑女尸身运到屋杵岩这里。

当天下午，田老稀的眼皮子也是跳个不停，总觉得还会出什么事，却想不出个结果。到了掌灯时分，田老稀仍然安不下心，邀来两个年轻人，举着松膏油火把，挎了柴刀拿了铁锹，往崽崽坟那方向去。到地方一看，坟堆还在那里，用火把照一照浮土，看不出有人动过的痕迹。田老稀疑心蛮重，用柴刀砍了根毛竹，断面削尖，往坟堆里刺去。刺了几下，觉着竹竿刺到的地方全是土沫子，触不到实物。扒开坟，桑女果然不在里面。田老稀就明白了，他说，这个狗日的。

狗小把桑女的尸身捞上岸，浑身来了一股猛劲，竟把桑女尸身拖着拽着抱着弄进了月亮洞。他想，我该从哪里吃起呢？狗小一时又发起愁来，他没有刀子。桑女的身子冷冰冰的。狗小说，桑女呵桑女，我晓得你和夜猫好，按说我不应该吃你，但你那个狗爹我又搞不赢，只有拿着你打主意了。狗小刨出桑女的时候，桑女的身上只有一张杉皮毡子，和破烂的衣褂麻裤。狗小把桑女放平在地上，搂起桑女的衣褂，忽然呼吸就变得不畅了。这一刹那，狗小想起夜猫以前讲过的话。夜猫在狗小面前毫不忌讳，把他跟桑女之间那一点点隐秘的事情，细细地说了数遍。狗小浑身燥热难当。他伸手抓住了桑女的奶子，冷冰冰的，也根本不像夜猫先前说的那样，有三个拳头大小。狗小揣了揣，也就圆茄那么大。他心里说，夜猫呵，原来你也挺会骗人。狗小的手伸了出去，就收不回来了。这时，月亮又一次照进洞中，涂在桑女的尸身上面。桑女的皮肤应该涂满了暗白的、毛糙糙的月光。狗小对月亮已经极端嫌恶，他能察觉到这月亮不知趣地照进来了。狗小要把桑女移到月光照不进的地方，想来想去，只有拖进了那岔洞，往后山去。最后，狗小把桑女放在一个天坑旁边。他继续揉搓着桑女，浑身是一种从未有过的酸酥痒胀。狗小不停地问，天呐，我这是怎么了？他又想起狗子交媾的动作，于是，双手抖抖索索地探向桑女的裤腰。这时，狗小打了个寒噤，忽然清晰无比地知道了，自己这是要干什么。

田老稀带着人进到月亮洞，找不见人，但有桑女入土时穿的衣裙子。他晓得狗小肯定在洞里，于是继续往岔洞摸去。走不远，他看见前面有一团白影在动。田老稀正待靠近，那团白影忽然滚进了旁边的大天坑。好久才听到坑底传来的硬物落水的声响。田老稀只看见地上剩有一堆衣物。

丁博士和凌博士回到俬城，已是初秋。两人带着那记者再次来到菟头村，找到韩保长。原先两帧照片曝光了，记者一心要把这个新闻报道弄出来，这次专门到俬城，带着充足的底片。一问，才晓得狗小死了有一段时间。韩保长说，丢人呐，狗小后来竟得了魔怔，不光学会放蛊，竟然，竟然还把田老稀——就是撑船那人，死去的女儿扒出坟，做那种见不得人的事。

丁博士叹了一口气，说，搞不好，是小马让狗小多吃了几顿饱饭，狗小肚皮不饿了，就生出这邪念来。饱暖思淫欲，贤文上这些话不会错的。

韩保长说，吃个饭，我去叫田老稀渡你们到河口。

此时，夜猫正走旱路从铁马寨子那个方向，冲菟头寨而来。他提着一副猪下水，要让狗小大快朵颐，一了夙愿。这一路他走得轻快，脚下生风，鞋钉磕得石板一溜溜脆响，心底仍焦急得很。他想早点见到桑女。在界镇，夜猫一直没能见到唐伯虎所绘的《枕中笈》。但前不久有一天，机缘巧合，夜猫醍醐灌顶一般地弄清了男女之事。那天，夜猫刚起来拆铺板，就听见界镇的街面上很热闹。人们竞相涌向河边，嘴里还吃吃地笑着，说是打上游漂下来一对狗男女。这当然是件很稀罕的事，大半个界镇的人都涌了去。夜猫的师傅师娘也去了，夜猫只得留下来照看铺子。后来，他听看热闹回来的人说，漂下来那对狗男女，死成一坨，抱得铁紧，用竿子翻动都不能把两人分开。男人下面那根把儿还搁在女人的体内。他们还轻声议论，这男人的把儿应该生有倒钩，不然，何至于胶着得如此紧密？看热闹回来的人一面相互耳语，一面吃吃笑着，脸颊上浮出了猥狎之色，眉眼间闪烁着暧昧的光泽。

　　这一刻，夜猫忽然全明白了，他弄懂了以前和桑女待在一起时，总是没能弄懂的那问题。一瞬间，他觉得自己变了，和以前都不一样了。他一直想告假，但师傅的铺子抽不开人手。直到前不久。师傅又弄来一个徒弟，才肯让夜猫回去一段时日。师傅给了他两副猪下水，他说，去，给你父母送一副，给你丈人家里送一副。夜猫的脸一下子变成了猪肝色，喜滋滋接过师傅送的猪下水。他娘给他的钱一铟都没花，离开界镇之前，他买了一件细布单衣，一条棉纱抄裆裤，又咬咬牙用一副猪下水换了双桐油钉鞋。他从师娘那里讨了些胰子油，去时把胰子油抹在头发上。最终，夜猫把自己弄成一个看上去蛮光鲜的人物。

夜猫走过了铁马寨。离家越来越近,他心情也是愈加地好,要不是手里提着一串下水两盒点心,他想自个肯定能飞跑起来。他随手揉了一把葶苈子果,放嘴里嚼。眼前这一路,铺满了枯草。但在夜猫眼里,枯草和不断伸展的土路上,都跳跃着明黄的、煦暖的秋日阳光。

人记

1

这阵细雨顿住后，从任意一道梁上睨去，远远近近的山绿得近乎虚幻，新发枝叶的嫩绿间杂在经冬老枝的油绿颜色当中，呈现出更迭之姿。山巅一柱柱雾气笔直升去云端，云层的移动却是极快，看似懒懒散散几个翻卷，就已在天的一侧散逸开去。

一行挑脚盐贩只有三人。人少，队伍单薄，这一路窸窸窣窣地走，尽量不造弄什么响动。

走前面那汉子青胡楂浓稠，把一张狭长的瓦刀脸挤得瘪了起来，不好辨认出年岁。但这汉子身体骨骼显然较常人粗壮许多，肌肉板实，青筋血脉虬曲，肤色也因常年的风餐露宿而近似棕皮，且晦暗无光。汉子那一挑盐约摸一百大几十斤，箩筐用的是特制加大码。走到风相岩地段，尽是上坡路，汉子大气不喘，衣衫不湿。他经常不得已撂下挑，张望后面两个同伙，等他俩挨得近了，汉子重又甩开晃山步走下一程。

汉子撂挑歇气时，不见抽烟，也不像寻常山里的男人一样，抿一口酽酽的包谷烧稍解困乏，而是从一头箩筐里拈一粒鱼籽盐。盐粒不大，半钱左右。汉子屈起两根指头把盐粒弹到半空，抛出半个圆弧往下坠。汉子再一张口一抻舌，利索地把盐粒抹进嘴里，嘎嘣一声嚼碎。这一手，倒像青楼里那些个浮浪子弟，狎妓拼酒时嚼兰花豆的做派，轻佻中玩转一份从容，些许怡然自得。

汉子把咸唾沫吞咽到肚里，后面两个同伙差不多到得跟前了。一个面色粉嫩，十八九的样子，双颊泛起少年人劳累时特有的潮红；另一个看在眼里就更嫩。这两人各自挑了百来斤担子，衣衫已被汗水浸湿几回又捂干几回，隐隐现出一层盐渍。一路走来，两人嘴角总是歪斜地咧着。

前面那汉子把这两个半大小子分别唤作"长毛的"和"没长毛的"。汉子看着两人挑担时苦瓜状的脸相，就点拨地说，长毛的哎，你那晃山步没有迈开，踩得一松一紧，白白耗去几分力气；没长毛的你要跟紧点，扁担换肩不能太过勤快，肩头压疼了，得咬牙撑一撑，撑过那一阵工夫，没了知觉才好。干挑脚营生，谁个不是霸着蛮硬挺过来的？

两个半大小子没力气应声。汉子说得一阵，看看两人憋红的脸，忽然叹一口气，又说，你俩这精巴瘦的骨架子，跟我出来干力挑的活计，也着实难为了。怪得着谁人？下辈子投胎去，切记，千万不要慌。鸡鸣五鼓之前，定要寻着狗叫声张狂的人户奔去，准没错。

　　林子越走越稠，再往前，路已融入树下的草荒，蜿蜒着就隐没了。汉子指指左侧的土堆，他说，那里都是恶葬的人，没名没姓，发埋时可能脑袋也没找到。都是被关羊了。长毛的和没长毛的听得心头一怵，看看那些无碑的荒土堆，涌上心头是一份格外凄清寂寥的心情。汉子娴熟地晃着挑，扭头看看后面两人那一脸惊惧的神情，不禁呵呵哈哈地笑了，笑声却有意压低——大毛小毛。汉子忽而又把绰号换了，倒不妨碍那两小子很快反应过来。汉子说，关羊被宰的一般都是霉运到头了，你俩以前没碰到过这邪事，即使被关，顶多也就掉个把手指。关羊客有关羊客的规矩，每次散了盐贩的财，还要剁一根手指作记号。其实掉两三根手指，都无妨。要是掉脱五根，就千万小心了……

　　长毛的不解，问道，三根手指是掉，五根手指还不是掉？汉子浑身气力够用，慢悠悠地说，那两回事，五根指头是一道坎。你看人长的这双手，每只掌上不多不少正好五根指头，不多不少，长短搭配，匀称。为什么是五根？要是你已经掉脱了五根指头，第六回再被关了羊，关羊客一摸你那只肉掌，就起火了。你想呐，你一个巴掌全剁光了，还敢走道贩盐，分明是太不把关羊客放在眼里，没把阎王爷当一尊神敬着。关羊客一恼怒，手起刀落就把人杀了。

长毛的和不长毛的都吐起舌头,看了看自己没扶扁担的那个巴掌。此时,他们每一根指头都是完好的,肉红粉白,纤长挺直,指甲盖上映满了光泽。

前面的汉子又说话了:不妨看看指面的纹路,有几个螺几个箕几把风?关羊客是认指面纹路的,而且有规矩先坏左手,从满指掐过去,先剁长风纹的指头再剁长箕纹的,最后剁掉螺钿。看看,要是碰上了,自个聪明点,把该要剁掉的指头乖乖伸出去。关羊客一看,你这人蛮明白事理,比别个愣头青多了几分见识,一高兴剁半截留半截,你还可以用那半截杵指头干些毛糙活计。

汉子走道多了,得来一肚皮的经验,不失时机塞给两个小辈。这样的事情乍一下说给小孩听,似有些不落忍,但他心底明了,这些事迟早要说的。

长毛的和不长毛的背心掠过一阵寒气之后,倒能够坦然面对这样的事,一同把担子换换肩,仔细打量着自个左手指面上的纹路。以前十几年里,倒真没留意这一茬。没长毛的很快看出来了——该从中指断起,然后该断满指。如果这两指剁掉了,倒有些像招提寺里哪尊泥菩萨手上捏出的佛诀。到底哪尊菩萨,一时没能记起来。没长毛的竟来了兴致,屈起中指满指,捏出那个佛诀。长毛的看完自己左手五个指面,笑着说,全是螺,我左手五个螺钿。我生得一双抓钱的手。汉子诡谲笑着,说道,竟是个倒霉透顶的家伙,那他们就得从你右手剁起。长毛的耷拉出舌头,又腾出右手仔细看去。

汉子往后瞟了一眼,问长毛的,看出是哪根了么?

长毛的笑一笑,没回答。他一看蹊跷着,右手五根手指也全是螺钿,于是心头稍稍得意了一会儿。这样的手,万千个人里面也未必长出一对。

在几个人的左侧,是另一片乱坟岗,坟头长着鬼柏。也奇怪,凡有野坟的地方,便无缘故钻出圆柏,日渐长大增粗,阴声不语地陪伴着荒坟。久而久之,圆柏树便顺理成章被山里人叫作鬼柏。

有一些鸟在灌木丛中跳跃腾挪,黑的、绛的,还有赭石色的,歇在芭茅细瘦的茎秆上,用蓖麻籽一样的眼球向行人睨来,一点都不憷。

没长毛的本想打个商量,叫汉子停下脚歇一口长气。这一气走得怕是有十几里地,他肩头已如着刀一样辣痛起来。还得忍住,他满脑子记着汉子的教训,往前走一段路,再走一段,一段一段地扛过去。干挑脚营生,哪能没有几次霸蛮硬挺的时候?没长毛的和自个赌气一样捱着。

长毛的问那汉子,以前挑脚贩盐,有没有被着过关羊。

汉子说,夜路子走得多了,哪有不撞上鬼的道理?不过我这人命硬火焰高,跑了好多趟,去过不少地方,只被关过一次羊,被搜去了身上的洋钱。

不长毛的喘着气问,那你手指头怎么不见被……剁掉一根?

汉子翻看着自己粗短毛糙的左手,说,嘿嘿,我以前

65

学得一套障眼法，碰见关羊客只认折财，嘴里念念咒，手指就保全了……算了不说了，这茅山术也只有我一人用得，讲出来，你们瞎听听，根本学不去。

2

鱼籽盐是从广林挑来的，去往佴城。两城相去百十里地，没有官道，不通水路，物资流通全靠肩挑背驮。川东出产的鱼籽盐和花缎、省青布、洋靛、洋灰，机轧面条一起用大油船运到辰州的大埠头，之后改用方头小船拖到周边各县小埠头，其中的一部分，自然也会拖到广林。

鱼籽盐虽说看上去颜色蜡黄，光泽黯哑，但咸味比江浙运来的官盐要重许多，那个齁咸，吃着让人浑身来劲，特别贴合山里人的胃口。唯一麻烦的是，用前须放到擂钵里捣碎，捣得不均匀，调到菜里就散不开，一盘菜吃着，这一筷子咸死人那一筷子却淡出鸟。价格一比对，一斤官盐的价差不多够买两斤多鱼籽盐。这盐挑到佴城，价格还要打滚似的涨上去。佴城的官价比广林高得多，私盐便水涨船高冒起价来。

一担盐挑到佴城，有好几块洋钱的赚头，这样的营生自然燎得挑脚客脑门发烫，心头冒泡。但从广林到佴城这一路，挑脚的贩子并不很多——这一路尽是盘山道，以及稠密的树林，逢不着村庄。挑脚的一多，关羊客也后脚跟着猖獗起来，拿着挑盐客的性命发财。好多挑盐客有命赚这份盐钱，留不下性命去花销。

只在半年前，这一路一次便有十来条挑盐贩子道上遭劫，关羊客不按常理出牌，统统不往手指上留记号，直接打发挑脚盐贩见了阎王。往前几月，一伙猎户在珥诺沟左近打得一头花斑豹，把胃囊子剖开了一看，里边还残留着消化不去的指甲毛发，以及细碎人骨。

据传言，去往伄城的大股官盐屡屡被马砣山一带的土匪劫走，致使伄城盐价已翻涨到十大几块一担，且有价无市。汉子本不想跑这险路，而今也按捺不住，邀来两个半大孩子。三人都姓许，排排字辈，汉子得算那二人堂叔。三人去到芦荡深处，各自籴得一挑鱼籽盐，邀好日子一同上路。

汉子从前也不是抠着小钱过日子的人。他想着那些用度不愁的时日，仿佛还近在眉睫，但转眼间就落到这光景，兜里时常空空的，怎么晃也晃不出银钱碰撞的声响。手里的银钿少了，用度局促，鬼日子过得紧紧巴巴，却又不敢再去哪里捞它几票。

如今流年不利，汉子好不容易在广林县境安顿下来，喘定一口气。自个还立身未稳，别人上门给他说合一个再醮的女人。换以前，这种半路回头的女人，汉子不会拿眼睛好生去看，但当时他好久没沾女人腥气了，燥热难捱，将就着哄那女人上了床。只几天工夫，汉子就弄得那女人怀上他的毛毛。汉子暗自嗟叹，这女人也他妈太能生了呀，轻车熟路，一点就燃，跟大姑娘可真不一样。要想在广林

67

继续待下去,不娶这个女人看样子是不行的。汉子不想再到处逛荡了,他时常感到疲累,一门心思要在广林平平实实过下去,融入街巷上来往穿梭、密如蝼蚁的人群当中。于是,烦心事就紧跟着来了。以前他是一条光人过活,求得一日两顿饱饭就可稍稍安下心来,别的可暂不作理会。而眼下,有了家室,一条光人竟要变成三条人了,就像树干枝枝杈杈茂盛起来了,底下的根也得相应壮大才足以支撑。

汉子这才晓得钱是个什么东西,竟有这么多看得见嗅得着的好处。他一天到晚就想着要多搞几钿,把日子重新过出几分人样。钱这东西,一旦存心去寻它,便会觉着,一分一毫都如同泥鳅一般滑溜,不易攥在手心。

长毛的叫许琴僮,家道原也说得过去,只是他老子爱看傩戏,是个戏痴,不善打理,产业便一路委顿。崽生下来时,这戏痴图省事,戳了傩戏文里的一个人物的名字,拿来把给自己的崽用。琴僮一天天大了,转眼到了娶妻生子的年纪,自个也不含糊,去年秋后一眼上了对面河一户王姓人家的幺女。这边去了媒婆,那家很快放话,幺女才勉强捱到年龄,也不是摆谱儿不能出阁子,但派口彩不能少了八十块洋钱。这派口彩高得没谱,太不合傩城行情。这是因为,王姓人家的女儿确实生得标致,长相盖得下河东河西两条街,一个城里,哪个适龄后生看了都会馋涎挂下来两尺长。要狠了心塞到大户人家去做填房,远不止赚下区区八十块洋钱。琴僮的戏痴老子天生不爱操心,晓得了这事，他便跟琴僮招呼说，我抠了棺材本，把给你五十块钱，其余的你自个去弄。他爹还说，你爹就这本事，要骂娘，你背后骂几句我也无所谓。他老子掏出五十块钱就打发了儿子的婚事，每天照常去高腔戏班子里票戏。

不长毛的是琴僮的堂弟，两人共一个祖太或是高祖太，现在已弄不分明，只晓得是一根藤上挂下来的秧瓜，沾得有血缘。堂弟幼失怙恃，也就一直没正式地取下名字。他时不时到琴僮家里蹭碗白饭吃，琴僮爹娘唤他作小叫花，琴僮叫他小狗，他都认，清朗地应一声。前些天琴僮邀小狗贩盐，小狗也想赚几钿洋钱。钱到手以后做什么用途，小狗心里暂时还没个具体打算。于是，小狗跟琴僮商量说，堂哥哎，你要娶婆娘，我赚了钱先帮你添，算是存放在你那里。到我娶亲时，你添几个利钱还给我就是。琴僮赶紧说，那当然，要得要得。

3

远远看见那三蔸苦楝树，树下码着一溜大体方正的青石，专供人撂挑歇气。走近些，还听得见溪水流动着的声音。

小狗老远看见石椅，腿肚子就软了，步子立时踩得散乱起来。但汉子说，这里不能歇，再往前走。小狗嘀咕了一句，只得后脚撑上。汉子往前还走得有半里，看见几垛乱坟，四周鬼柏森然稠密，这才放慢步子，回转了头跟两个孩子说,大毛小毛,看见了么,这他娘的才是歇脚打尖的好地方。刚才苦楝树下,现眼招灾,一股子凶相。

琴僮和小狗不敢不听,把挑子放在坟包间的空隙,撩开刺蔸俯身坐稳,歇气。

汉子歇下来才感觉自个已累极了,只是脸上不会显露出来。他背靠坟包子闭目休憩,顺手捋下一张桐叶遮住脸。桐叶没有把两只眼全遮住,汉子还有一丝眼光漏出来。

汉子对两人说,半时辰后踢我一脚。

之后不久,汉子又补充说,你们也闭眼睛养养神。我这人警醒,有个风吹草动反应得过来。

琴僮和小狗纵是很累,一时却睡不着,在地上划盘下起了牛角棋。小狗棋路活络一些,琴僮得不断地敲脑袋想棋。小狗时不时瞟一眼睡着的那汉子,他双手合抱在前胸,肚脐眼却跳出衣摆。有几只牛蝇低低飞着,嗡嗡作响,围着那汉子盘旋,最终都停在汉子左手上。琴僮的棋子久久没有安放稳妥,小狗就折了根散把木的枝条,去拂拭牛蝇。汉子如同他自己说的那样警醒,枝条尖端刚触及汉子的一线皮肤,汉子整个人就像个皮球一样,登时弹起来坐在那里,脸上的桐叶也掉落了。汉子眼珠飞转着探向四周。

小狗笑了笑,说,老叔,没事哩,刚才是我帮你驱赶蚊子哩。

呃,是么?汉子看了看小狗微笑的样子,不由得丧气起来,拾起桐叶重新盖在脸上,睡去。

天黑下了,三人才重新上路。傍晚潜进林子当中,暗下来的速度更快，密密匝匝的树枝把夜幕稳稳拽住了。夜色给琴僮和小狗的心头添了一份稳妥之感。以往走夜路，听着寨子周围辽远而又迫近的豺狗嘶嚎，便会把一颗焉心悬起老高，头皮绷得铁紧，只想快些走进亮光的地方。但这一晚，天黑反倒让人神经松弛，得来一阵安稳。

隔一会儿，天上准会升起月亮。这日期也是汉子先前精细算过的，得找有月亮的天色。白日里下了雨，晚上月亮却照样升上来。汉子推算得很准。

月亮如约升起，月光犹如鱼籽盐的色泽，略微泛黄，但又晶莹温润，静静倾泻在沟壑峁梁之上。在月亮地里走路，本已疲沓的脚步，不觉中踩得轻快起来。

前面隐隐现出的那道矮梁，叫弭诺沟。汉子并不常走这一路，但对弭诺沟一带的险恶，以前也时有耳闻——其实，不用听别人说道，这些年山路走得多了，什么地方险什么地方恶，什么地方易于关羊客隐藏，汉子用不着眼看，仅用鼻子一闻，就闻得出潜伏的那股肃杀之气。琴僮和小狗哪又看出来？远远看去，这条土路照样镀上了月光，到弭诺沟，坡势开始下滑。两人都想，只消走到下坡路段，肯定省劲多了。琴僮和小狗预先松懈了一口气。

汉子往那头张望一阵，这时这刻，这片月光底下，弭诺沟阒寂而又安详。只有尖细风声挂在林梢。汉子暗自思忖，或许，弭诺沟凶名在外，人凡到得此处总会事先有了提防，以致关羊客反倒得另寻地段，才好杀他个措手不及？

劫道关羊的事仍在这个地方发生了。

当时，三个人差不多走穿弭诺沟了，前面微微隆起一片只长草树的坡头。汉子瞧着这一路还算得平静，才放下一颗悬心，想跟两个半大孩子说说弭诺沟的凶险，摆一摆这地界前后二十年里发生过的恶事。头一句话他已经压在舌尖了。汉子打算这样启开话头：喏，你们以为这一带是个什么样的地方？是不是，刚才一路下坡地段，还能省一把力气？你们可曾晓得……

夜色中冒出一个声音，说，站住。

之后，又故意加重语气说，都他妈给我站住！

三个人就站住了，扁担还在各自肩头颤悠。汉子这时落在最后，把喊话的声音听了个真切。他觉得这人嗓门有些怪，怪在哪里，一时找不出答案。

那暗中冒出的嗓门顿了顿，开始自报家门：老子是瘤子老韩，晓得啵？老子手里有把枪，老子枪法很准。要想活命，留下钱财，脱了衣裤光身往前走。

听着喊话，琴僮脚跟猛地就是一软，浑身筋肉抽搐，骨架也磕磕碰碰。他老早就听过这名头。他尚在襁褓里时，成天哭个没完，他娘哄他哄得烦躁了，说一声，再哭，再哭就把瘤子老韩招来了，到时烹了你吃，娘也管不着。他便不哭了。那时还一脑袋懵懂，不晓得瘤子老韩是个啥物件，只晓得怕。而今头回走道贩盐，便撞个正着。琴僮肩头一斜，担子垂耷下去，盐粒子撒了小半箩筐。小狗还算镇静，递出一只手去，扯住一股箩绳，把琴僮整个人定住了。

这时，小狗乜斜一眼看见，汉子一抖肩撂了挑，把身子骤然蜷成一团，滚进身侧没及头顶的芭茅草窠里。

汉子的动作极快。

关羊客点亮浸着松节油的火把，隔着几丈远擎了起来。琴僮、狗小还听得见那簇火焰哗哗剥剥地燃着。关羊客走得近些了，挥舞着手中的家伙，冲两人喊，把衣裤脱掉，快脱掉。火光在黑暗中画出几个连续的圈子。

关羊客打了个马虎眼，竟没看出来，电光石火间那边已少去一人。

琴僮听见自个身上骨头碰撞出响声，仿佛是乞丐锵锵锵耍弄起两片猪铲骨。琴僮脑袋发蒙，一双手老半天才摸着衣扣，扯脱，把那单衣扔在盐担上。他左手很快滑到裤头上，摸着襻扣，犹豫得紧。里面没穿底裤。琴僮从来就不曾有过底裤，从开裆裤穿到抄裆裤，无论冬夏，脚上就裹一条裤。小狗脱了上衣，拦住琴僮，暗示他不忙着脱裤。

关羊客又操着破锣嗓喊道，日你娘哎，脱裤子！关羊客的声音喑哑，夹杂的尾音怪异，尖锐砭人。琴僮只好把裤襻解开，手一放，裤子便堆叠到脚跟，再把脚板一抬，一个光人就现了出来。琴僮虽说平日被汉子唤作长毛的，但那底下稀稀拉拉，还不曾长到该有的尺寸。月光落在人身上，几分阴冷很快钻进皮肉。

关羊客又把火把挥动起来，冲小狗说，还有你。

小狗正要解裤襻，那边却有了不一样的响动。他们听得一声尖细的叫喊，却不是从汉子嘴中冒出来的。

两人赶紧尖起耳朵，再一听，是那汉子在说话。汉子说，哟嗬，竟也是个不长毛的……

方才汉子闪进草丛，就势在草丛中一寸寸挪动，没有声音。闻见草叶的气味，汉子恍惚回到以前那些时日。隐蔽和潜行的功夫，倒像凫水一样，一旦学得，这辈子也不会忘却。尔后，汉子不经意已绕到那一簇火焰的背后，看见关羊那人的身形在火光下隐现，干干瘦瘦。这时汉子已经有十分的把握，弄下这个拦路绊脚的呆瓜不须费多少力气。他往前探去，关羊客只顾着喊得起劲，火把一阵挥舞，挥出一团纷乱的光，晃进汉子眼目。这也不妨着汉子极快地拢进那人身后，看清那人手里的枪。汉子把手一伸，捏住那人持枪的手。

汉子的手宽，展开如同蒲扇，关羊客的手细，这一捏，关羊客的手如同饺馅被饺皮包个严实。他这才觉察，尖叫一声想要挣脱，哪有这么容易？他抓着枪的那只肉掌好似被碌碡碾轧过，除了剧痛，抬不起一点气力。

汉子在黑暗中干笑两声，还作势拍拍那柄枪上沾着的火灰，炫耀自个干下的事体。琴僮和小狗扯上裤子紧着裤带，再拽着衣服走过去。汉子夺过火把，放低一些，关羊客的半张脸蛋浮现在火光里头。这关羊客也不过二十出头，脸相俊俏，模样清秀，要在集上碰见，准会当他是个读书人。

汉子一手就挟起了那关羊截道的孩子，扭了脸作出交代，要琴僮、小狗把盐担子先藏进草窠，标上一截竹签作记。

隔里把远的地方有处土凹槽，因地漏形成，宽不足七尺，长两丈有余，藏得住一二十条人。汉子晓得那地方。汉子让两人后面紧跟，自己扛着抓来的关羊客，一路走得风快。关羊客在汉子肩上轻微挣扎，如同濒死的人两腿踢风，苟延残喘。他还要讨饶，汉子却懒得听，一手往他软肋处一捏巴，他搅舌头的劲都没了，讨饶的话全哽死在脖颈里。

到得凹槽，汉子拿关羊客扔地上，反剪了手，让琴僮小狗作死地扭住。琴僮小狗都不敢大意，关羊客试探着稍稍用力，两人便咬牙切齿地反扭他手臂，直到听得骨节驳响。汉子留意到，土凹槽西北侧哪时圮塌出一个豁口。不待大气喘定，汉子翻出凹槽斫得几根坟竹，又斫得有一捆棕叶，把细竹竿串编起棕叶，遮挡住那道豁口。再在凹槽里燃一堆火，几个人都安稳地坐了下来，烤起随身带着的糍粑。

这时，汉子看见琴僮的裤裆洇湿了一大片。琴僮穿的是土布黑裤。本来这颜色不易现出水渍印痕，加之夜色晦暗，但汉子偏巧一眼看见了。

汉子似笑非笑地说，你个崽崽，打脱尿了？真是不值价的货，这么一吓就打脱尿了，要真的剁下你一根指头，那屎尿屁哥仨还不得全榨出来？

小狗还不信，用手摸了摸琴僮的裤管，摸到裆下那一块，才晓得汉子所说不假。这话戗得琴僮一脸绯红，喃喃地说，我本来就憨……

汉子说，你这个样子，下次不要跟来了。累赘。

琴僮心头苦闷，抓起一把土坷垃，狠狠地朝关羊客砸去。

汉子不作理会，翻动烤在火边的糍粑，有一面已微微焦煳。

关羊客冲着汉子讨好地说，毛胡子爷爷哎，我左兜里还有几枚野鸡蛋，先前煮熟了的。汉子往关羊客兜里一扒拉，果然摸出两枚野鸡蛋，不大，壳上附满了斑纹。汉子剥了一枚一口吞了，剩下那枚蛋揣进兜里。

汉子摸摸关羊客的枪，十二响的快慢机，真货。又敲敲枪架，扳扳枪件，并朝向火堆瞄一瞄枪膛线，显然瞧不出有什么问题。

汉子问，真是好东西。哪弄来的？

关羊客说，地上捡的。

——捡的？就你他娘的会捡。在哪捡的，我也去捡一把。汉子问，会打枪吗？

关羊客说，还没打过，只弄得一颗子弹，舍不得打掉。

汉子又呵呵哈哈地笑起来，笑声极像是高腔戏的戏子下足功夫吊上去的。汉子轻车熟路抹下弹匣子，那小孩说得不错，里面就躺了一颗子弹。汉子把子弹卸下来，在手里把玩，让那颗子弹在指缝间游刃有余地翻转着。

汉子问，你他娘的叫什么名字？

关羊客说，姓石，叫石小狗。

汉子说，又是一只小狗，你爸给你个贱名，是盼你多有几年活路。

石小狗赶紧就着这话说，好汉爷爷，我也是没饭吃了，毛起胆子干的头一回，偏巧撞上爷爷了。你看我这贱命！你一定饶了我，我不是瘤子老韩。

汉子说，又没说要你的命，我只是挑担做生意的。抬起头让爷爷看看。

石小狗不敢抬头，依旧把脑袋软软地撂在地上。汉子只得用鞋尖撬起石小狗的尖下巴，之后又蹲下去用枪管拨起那颗瘦头，仿佛拈掇脑袋瓜重几斤几两。

——你这上下都不长毛的鸡巴蛋，也当自个是个人物，干起独脚生意来了。汉子又说，不过还算够胆。既是关羊，留记号的规矩你他娘的都懂吗？

石小狗两眼麻溜溜地打转，说，爷爷，晓得是要剁手指留记，我真没那伤人的打算，就想捞点浮财。身上只带了这柄破枪，刀都没带。

汉子面露不屑，说，剁手指也有剁手指的规矩，哪是随便乱剁的。这规矩你讲给我听听？讲圆溜了我放你生路。

石小狗两眼发蒙，说不出来。汉子指了指琴僮，说，长毛的，帮他摆一摆。但琴僮着了刚才那一阵惊吓，嘴里炖粥一般咿里唔噜，哪还讲得出个子丑寅卯。

汉子只得指了指小狗，说，不长毛的，你还记得不咯？小狗不假思索，张口就说，从左手的满指看过去，先剁风纹，再剁箕，最后剁掉螺钿。要是左手满螺，就从右手

77

剁起。

汉子竖起根拇指,说,看看,长毛的还不如没长毛的。丢人哩。

琴僮这时忽然有了个疑问:那要是两手十指全是螺,那又如何搞法?

汉子说,十螺全点状元,要是十指长螺,那个命硬,见鬼杀鬼,见神灭神,自顾痛快去活这一生世了。汉子吃起略微烤煳的糍粑,让小狗去藏盐担那里摸几粒鱼籽盐过来,就着糍粑一起嚼。石小狗一直被反剪着手,是用他自个的裤腰带缚紧的,跪在那里,大头朝下耷拉,嘴巴差两寸就啃着了泥。

汉子得了盐嚼,浑身都轻松,伸了伸懒腰,再告诉石小狗,其实,你一吭气我就晓得,你不是瘤子老韩。瘤子老韩哪会跟别人一样,也把自个称作瘤子老韩呢?就像我唤他作不长毛的,他自个打死也不便告诉人家,我是不长毛的。汉子咧嘴一笑,复又站起,把鞋底板搁在石小狗的左颊,如同听戏文时打拍子那样,在他脸上拍起鼓点。石小狗那半张脸很快就灰扑扑的,却仍堆着一脸笑模样。

小狗问,那瘤子老韩,他把自个怎样称呼?

汉子不无得意地说,这可没几人晓得,晓得的大都见了阎王。你问我是问着了。汉子吊起胃口,嚼着糍粑,稍后才说,瘤子老韩当别人的面爱说,我是你瘤嘎公。他跟身旁几个熟人说,熟人熟事,就叫我炳先。韩瘤子还他娘的有个书名,叫韩炳先,知道么?以后别人摆瘤子老韩的那些个破事，你就饻他一句，知道瘤子老韩大名叫什么？那人准抓瞎。你再一抖出来，肯定让他蒙在当场。

琴僮和小狗听得连连点头，并把"韩炳先"这个名字在心里默念了数遍，牢牢记下。

汉子仍用鞋底板踩着石小狗的脸，又说，这嗓音也不像。你自个嗓音细嫩，倒还跟瘤子老韩有几分像，憋成个公鸭嗓，反倒不像了。也难怪，瘤子老韩生就哪种嗓门，又有几个人知晓？他虽是武高武大一个人物，声音却细得像在唱辰河高腔，听着像刀刮着碗沿，瘆人背脊。可操着娘娘腔的男人，十有八九心里歹毒。

石小狗点头称是，这头一点，就重重地磕地上了，喔唷叫唤一声。

琴僮离石小狗最近，嫌恶地说，你他娘的还娇气。然后啐他一脸浓痰。小狗说，堂哥，算了算了，少跟这号人怄气。汉子拍拍小狗肩头，说，你倒是个软心肠的家伙，但出门在外，该狠还是要狠起心肠。汉子又冲着石小狗说，你以后别叫小狗了，撞了我这侄子的名。我把你叫狗屎，你他娘应一声。狗屎！石小狗就赶忙应了一声，呃。汉子说，你要学狗叫，不配讲人话。我再叫一声，狗屎！石小狗就汪汪汪地狂吠起来。汉子指着琴僮说，你叫他一声。琴僮放大嗓音叫道，狗屎，臭狗屎！石小狗又叫了。汉子要小狗也叫一声，小狗说，狗屎。石小狗仰起脖子，冲着天上月亮一阵乱吠，逗得那汉子乐不可支，还搐着鼻打起了喷嚏。

——你也不看看自个,菜头菜脑,还关羊,你都关得着羊?你当关羊这活计,跟用剁骨刀切豆腐一样轻巧?既然有缘撞在一起,看你着实嫩了点,爷爷不妨给你点拨点拨……

汉子剥开另一枚野鸡蛋,又说,一亮相就显出没把式。要有真功夫的,哪会破着嗓门说大话吓人?你一枪打断我一股箩绳,什么废话都省了,我哪还敢有半点动弹?出来关羊捞钱,要靠真本事,手上没两下子,别他妈急着跳出来杀人,别他妈羊没叼着反倒让羊给咬死了。其二,关羊客一般只关回广林的挑脚盐贩,哪有关来客的道理?来客不带现钱,不成你还抢了盐担挑去佴城换钱?这一点也太不着道……

听着汉子摆这些经验之谈,石小狗一溜响头嗑下去,不停歇。汉子噤了声,石小狗却还意犹未尽,忙不迭地问,其三呢?

汉子说,你倒识得虚心二字。别说其三了,其四其五也是张口就来。你不着道的地方也太多了,举手抬足到处都是漏洞。譬如说,人都没及挨近,你就敢把火把亮起来,够胆量。你看不清人家,人家反倒把你看清了。再说了,装谁不好,偏要愣充瘤子老韩。韩瘤子这样的大土匪,手下几百号弟兄,哪时候走单帮关羊截道了?凭他的一身本事,却去关几只瘦羊,传了出去一张脸还往哪里摆啊。再说……

……我晓得。石小狗机灵地把话茬接了过去,说,韩瘤子手底下有好一帮子人，哪会单干？还听说有个十一哥跟他焦孟不离，穿着连裆裤一样。

哟嗬，不错，十一哥的事都晓得。汉子赞许地说，还晓得些什么？十一哥可是没几个人窥见过真面目呵。

石小狗说，就知道有这么个人。

小狗冷不丁插话说，这十一哥他娘生崽可能是一把好手，生到十一个都有人叫哥，往下不知还生得几个。

汉子瞥他一眼，说，十一哥可不是在家里排行十一。

小狗就奇怪了，说，那又何事叫作十一哥？他翻着眼睑，左右想不明白。小狗年岁太轻，遇事总想摸透底里。

这可不是随便哪个都晓得的。汉子驳起手指骨节，弄出一片响声，说，我也没听谁能给出个确凿说法。

小狗兴致索然，扭过头去，看了看石小狗仍然一派跪相，脸色苦楚，就去踹他一脚，让他倒在地上躺平了。

4

……其实我也晓得，瘤子老韩名头太响，仇家太多，瞎冒他的大名，易被戳穿，惹来祸端。石小狗把自个身子翻了起来，重新摆出跪姿，抬起一张灰脸说，其实，我后脖颈上也长有一颗瘤。一开始还当是痦子，慢哒慢哒地竟长成一颗肉瘤。我爹我娘冲这颗瘤，好生嫌弃我。我家那个寨子，磨盘寨，也被瘤子老韩的人马抢过几次，总共被砍死七条人。打那以后，一寨的人看着我都不顺眼、烦躁，谁叫我也长着瘤,而且恰巧长在了后脖颈上?在寨子里头,我老是挨别人打,挨饱了,这才出来一个人混。就冲这颗瘤子,我想着用瘤子老韩的名头。呶……

汉子俯下身子,一只手朝石小狗后脖颈上捋去,很快摸着那颗肉瘤,还捻了几捻。肉瘤有拇指大小,拿过一把火照去,瘤子前端略微地发黑,还长着几根稀疏的毛;后端则如同石小狗面庞一样白皙,捏着发软。汉子喉咙里冒出一个惊骇的声音,仿佛深井底端浮起气泡,浮到水皮的那一刹那忽然迸裂。

石小狗说,这瘤子,还在长哩。

汉子说,真是,这位置这大小,跟韩炳先的都不差到哪去,啧,也太他娘的相像了。汉子说着,再次扳起石小狗的脸,看看他稍微有了轮廓的刀条脸,又翻了翻嘴皮看看他一溜白牙,仿佛是牛马集上的掮客。汉子说,我看你也是条土匪胎,你爹娘嫌恶你没有错。说说,这以后有什么打算?

石小狗说,还敢有什么打算,只要爷爷肯放了我,我给爷爷拉马坠镫,来世投生当一只母猪,每年给爷爷家里下两窝猪苗……

汉子踹他一脚,说,你这没长毛的,手上功夫没学出来,枪不会打,嘴巴却是一套套,都哪里趸来的戏词?

石小狗说,我哪得人教啊,得人教的话,手段也不至于……我常去集市庙会蹭听先生说书,最喜听人摆《水浒传》,对梁山上那一干弟兄羡慕得很。

汉子说，这倒不假，少年人，听不得《水浒传》，逞勇斗狠，哪天死在什么旮旯里头都没人发埋。自个交代，以前都干过几票，害了几条性命？

今天真真正正头一回。石小狗苦下脸说，我这一招半式都还没学成，杀得了人，自个听着都是笑话哩。

谁和你讲笑话啦。汉子问，你别当我好日弄，虽然你手生人嫩，却也不像开张做头回生意。以后还要劫道关羊么？

石小狗哆嗦地说，哪敢？我不是这料呵，要是再干，撞上了，爷爷剥我一张整皮绷鼓。

汉子说，这回要是放了你，你胆子反倒陡长一截，回头又祸害别人。

石小狗说，那我就去爷爷家里当长年，只消一碗饭把这狗命吊着，绝无怨言，你看怎么着？

汉子嫌弃地说，留你在家，日后哪还能够安生？汉子忽然又说，以后，就是干这营生，也他娘的别瞎混瘤子老韩的名头，有种把自己名头报上来。杀人多了，谁还当你是只小狗子？听人说，瘤子老韩已经死得有两个月了。你不能愣装成一个死人吧？

死了？石小狗一愣，眼底一灰，说，真死了？

汉子说，鬼晓得，炳先……瘤子老韩的死，前后传出好多种说法。这反倒让人疑心起来。两月前，驮马寨土匪秧家三兄弟一齐被人干掉，你们听说过没有？

石小狗和琴僮都点了点头。秧家三兄弟也算是周边几县的大股祸害，一天之内全都报销了的事，在远远近近好几个县份传得沸反盈天。

汉子两眼看天，看得眼神虚惘起来。他说，秧家兄弟，除了瘤子老韩，谁又能在一闪神的工夫就放翻那三个。炳先怎么就，死了呢？

小狗说，这一阵，我听好几个人讲过，瘤子老韩死掉了。

看不出来，你倒是见识蛮多，什么鸟事都晓得一点。也好，没了父母管教，成天到处乱跑，反而得来一些不着边际的见识。汉子看着小狗，把火堆扒拢得更紧凑一些。然后他说，那你跟我摆一摆，炳……瘤子老韩都怎么个死法？

小狗说，当时听了听，真要我说，还记不牢靠了。在集上听一个老头说，是被他手底下十一哥弄死的。

哦？汉子说，有这一说？你慢慢想一想，那老头怎么说来着？

5

夜空中传来豺狗子的嚎叫，一声长一声短，一声挨紧一声，听着好似那畜生正向人逼拢过来，实际还离得蛮远。月已经行到中天，举头看去，月光很盛，像是暗自燃烧着。琴僮、小狗只觉着冷风砭骨，拨拨火，把身子缩得更短些。

……听人说，十一哥是个前脚无影后脚无踪的人物，没几个人真就看见过他的面目。小狗思来想去，也只知道这一鳞半爪的事情。他又说，听说他是瘤子老韩的狗头军师，就像刘备靠一个诸葛孔明一样，其实，刘玄德表面光鲜，背后厉害的却是这孔明先生……

这比方打得好，嗯。汉子眉毛一扬，说，少说废话，还是摆一摆，十一哥怎么就杀了瘤子老韩的？

小狗老实地说，怕也是别人瞎猜着说的，哪有人看见？真看见了，不也得一块死在十一哥手里？呃，想起来了，那老头是茶亭镇的仵作，逢集那天，在茶水摊上我听见他跟几个跑船的说这事。仵作说，那一阵他到几处地方查验死尸，认来认去全是瘤子老韩手底下的崽子。瘤子老韩的尸身没有找到，死的消息却传出种种花样。仵作说，既然瘤子老韩手底下十一哥的能耐在老韩之上，哪能容得下一直被人家当个家什物摆弄？一来二去把大部分人都合计到自个一边，挑个便当的时候，就把瘤子老韩剁掉了。

汉子身子懒散地往后面土壁一靠，说，嗯，听着有几分道理……

石小狗见他们几人说得热闹，不再顾及自己，便挣扎着勉强摆出坐姿。这一阵工夫，他两手已经剪得生疼，两腿也跪得没了知觉，身上有几个痒处发作起来，无法抓挠。

汉子歇嘴的当口，石小狗插话说，瘤子老韩不是十一哥杀的……

这边的几个人一齐扭转脑袋，看向石小狗。他忽然坐在地上，倒也无人发觉。汉子问，哦，那你听见怎样的说法?

石小狗说,十一哥其实是个娘们,生得标致,瘤子老韩日日离她不得,对她样样都好。八成,这娘们身子还沾得有瘤子老韩的骨血,她哪舍得杀掉瘤子老韩?

呵呵哈哈……汉子笑得被自个唾沫呛上一口,拿眼望天,用眼皮眨了眨笑出来的眼泪。他说,鬼扯白,都从哪里听来的?

石小狗说,哪是随便听得到的。我家有个房族亲戚前年被瘤子老韩抓上山的,后面瞅机会跑回来,留得一条命在,跟寨上人说出来的。

鬼扯白!汉子说,我这一辈子还没听过这样的怪话。十一哥剽悍嗜杀的一个人,几时变成了女的?十一哥犯下的那些事体,哪桩又是一个娘们办得了的?

石小狗也忘了处境,说,你也是没见过十一哥。既然没见过,你又何事这般肯定,十一哥不是个女人?

得脸了是吧?汉子正脱下那双麻链草鞋,拍掉里面的石粒子,说着这话,就把鞋底子当作巴掌狠命拊了过去。石小狗挨了这一记重扇,再看看天上,花花麻麻地翻出好多星星,月亮却被映得黯淡了。石小狗赶紧醒了过来,反口说,那是那是,我一直都奇怪得紧,明明叫作哥,怎么会变成个娘们?我那亲戚十有八九是在山上吃了拳脚,脑壳打蒙了。

我看,你他娘的还是跪着得好。你坐没个坐相,我看着怪不舒坦。汉子说,你最好还是跪着。现在我想怎么收拾你都可以，趁我还没想好招，你把样子做得恭敬点。这对你没坏处，晓得不？

石小狗哪敢吱声，又赶紧把自个晃悠起来，一下子没能站起，也无从跪下。小狗只得过去扶他一把，帮他摆出跪姿。

晚雾在四处游走，一层一层地添着寒气。汉子支使琴僮去周围砍些柴爿，码进火堆。小狗看得出琴僮仍然惊悸未定，说，叔，我去。汉子把小狗又摁了回来，说，偏叫他去，你打什么岔。琴僮无奈，走老远才找到一蔸枯死的白蜡树，砍下来当柴。柴添进火堆，汉子掏空火心，火苗子立时蹿高尺余。汉子脸膛紫黑，火苗映在脸上，有了一层油光。

汉子说，说十一哥杀的瘤子老韩，倒稍微靠得着谱。时日一长，十一哥哪能不起杀心？一个人但凡混到一人之下众人之上的位置，其实最是不尴不尬。那滋味，哪是随便体会得了？一山不二虎，一天无二日，这样的道理，摆哪里都不为过时。但十一哥确实没有杀瘤子老韩。我倒听过另外的几种说法，比这说法更靠得着些。

小狗说，叔，怎么你对那伙子土匪的事这么熟哩？

汉子说，不记得了？以前我一直在酉水河上跑船，走的路一多，哪样鬼头鬼脑的家伙没见过？比聊斋更不通情理的说法，也听得有蛮多。瘤子老韩这人……要听么？汉子忽然有些疑惑，看看火堆前虔虔敬敬坐着的两人，还有那蜷成一坨的臭狗屎。

小狗说，摆一摆，我听听。

琴僮也说，摆一摆。

石小狗蜷着身子略微地动弹一下，本想应一句，讨些好，但又怕吃打，就没开口。

那汉子干咳两声，讲了起来。这夜月朗星稀，几个小毛孩都摆出十二分的好奇，他心情还算不错。他说，但凡奇人，必生异相；但有异相，必是奇人。什么叫作奇人异相？一般人不懂奇门功遁甲术，自是看不出来。像你们这样肉眼凡胎，想认得奇人，只有一个办法，那就是，找找这人有没有人记。光有人记也不行，还得看这记生在什么地方。你譬如……汉子指了指石小狗，说，他脖颈后面那颗记，要是长在腰背后面，那就是条贱命了，每晚只能狗吃屎地趴着睡，要不然就硌得你生疼。这瘤越往上长越是有灵。要是长在脑门顶上，那不得了，不是神仙也是半仙。你譬如说，中堂挂画上的南极仙翁，就是把整个脑门长成一颗瘤子，还生得有榆木疙瘩纹路左右旋开了，不是神仙都不行。

琴僮小心地问，痦子算不算人记？琴僮身上有几颗痦子，听汉子说起人记，心子一下子活泛起来，问了这一口。

痦子一般不是人记。痦子是针尖那么点息肉，用镪水一抹，就消掉了。这也能算记？人记和一般疤痂疙瘩的区分就在于，它是连着命的。把这人记一除，人的命也没了。这才是人记哩。汉子看着琴僮神情有几分失望，不禁笑了。他说，人记哪能是随便谁身上都找得着的？随便找得着，人人都有，那就不叫人记了。听人说，除非痦子排成七星拱月状，或者胎记现出八卦图样，那也勉强算得上人记。

瘤子老韩脖颈后头那颗瘤，早些年也只是一颗痦子，长在那不打紧的地方，不主吉凶福祸，所以也没请人抹去。那时他家在板塘寨，有两亩井水田，日子稀一顿稠一顿，也算过得去，他爹还让他去私塾馆读了三年，学学写名记账。韩炳先在水溪镇上认了一个瓦匠师傅学手，学徒三年帮师三年，师傅家有几亩菜地也归他弄。那天他正在薅草，忽地觉着脖颈后面生疼，一摸那痦子竟长得有黄豆大小了，挤得出脓水，像是被马蜂叮了一下。那时他便是个逞狠霸蛮的人，叫了在另一坵田里干活的师弟过来，说，把那柴刀磨一磨，再帮我把颈子上这颗瘤削掉。师弟看那瘤只黄豆大小，也不当回事，磨了磨刀就要帮这一手忙。幸亏师傅怕徒弟磨洋工，走到地里打望，老远看着小徒弟拿刀往大徒弟脖颈上比划，一派要杀头的样子，老远就挥手大声喝止。师傅拢过来一看，大骂两人，天杀的哎，这是随便能割的吗，你以为？这是人记，牵着你一条小命呐。

韩炳先那颗痦长成了瘤，犯了煞，主凶事。他家很快出了事端。板塘寨是个大寨，两百多炷炊烟，周遭树木稀疏，平日藏不下土匪。那年板塘寨东头树林子里，冒出几条汉子把两伙辰州收桐油的商人关了羊，抢了银子，还不顾规矩把人全宰了。县府合计着应该是板塘寨本寨人干的，派下差要保长死活弄出几个人交差。板塘一寨，由吴廖两姓主事，韩姓是寒族，只六七人户。吴姓保长全拿了韩姓人家去交公差。韩炳先的爹也在抢匪名单里面。几个韩姓的人弄到县上，潦草地问几句，人头便被利利索索地砍了下来。这头把人砍了，那头韩炳先的娘也中风瘫倒，吃受不住这么大的变故。韩炳先听信回到家中，在床边守住他娘，天天喊魂，但他娘没几日还是死了。

炳先他娘发埋那天，他冲到保长家的院坝，摆明地跟保长说，到时一定点了他全家天灯。保长哪把他一个毛孩放在眼里，还问，几年？我等。他伸三根指头，保长就说，有志气。三年以后我开着门迎你。炳先回头就去找刀，三个时辰以后天黑了，他便往保长家去。那院墙蛮高，炳先费了好大的神，才磕磕绊绊爬进保长的家院。护兵没看见他，他一间一间房地找，竟然把保长卧房找出来了，那狗东西还在睡安稳觉。炳先用柴刀把保长卸下来。这事他很喜欢跟身边的人说，他说那把刀很钝，而保长的颈子竟然长得紧凑，炳先砍了好多刀，那柄柴刀刀口卷麻了，这才砍下脑袋。他还在尸身上留了几个血字：说是三年，却在今夜；说点天灯，却取人头；言行不一，着实惭愧。憋这词可是难为炳先了，他不肯读书，编个四言八句，却连韵脚都押不住。这手法，也是自《水浒传》上面茓来的。武松血溅那什么鸟楼不也是杀人留字么？韩炳先听过，也就记在心里了。他本想写：杀人者打虎韩炳先也。想想自己确实没打过老虎，就不好这么写来着。

杀了保长，保长家里那一堆家眷一堆护兵竟都没发觉。这就是说，炳先很会杀人，杀人的本事像他颈上肉瘤一样，天生的。头回干这事，他无师自通一刀毙了保长的老命，让保长没能耐喊叫，再慢慢割下头来。

炳先抱着那颗头，顺顺当当地爬出墙外，跑上山，就当了土匪。那颗丑得像夜壶一样的头，他要拿去祭他爹娘。炳先就是这种有仇必报的家伙；当然，于他有恩，他报答起来也毫不含糊。

瘤子老韩自个有人记，他对别的长有人记的家伙也蛮看重。你譬如十一哥，瘤子老韩就是看着这人有人记，拉他入了伙，帮着一块谋划。十一哥原本是跑船的，瘤子老韩有回匿了身份搭那趟船，三天水路下，和这十一哥聊得不忍分开。那次去到辰州县城，瘤子老韩就跟十一哥亮了底，说老弟，我就是瘤子老韩，脖颈上学了教书先生围条围巾，不是他娘的硬充斯文，实在是得避人眼目。而今我的脑壳在县衙值得到三百个洋钱。天黑时分我照样来这埠头等你，我咂摸着哥两个定是有缘，难得碰见你这号人物。要不你到县衙领了人来，我把那三百个洋钱当人情送你，以后也别在水上吃这碗苦饭；要不你跟我走，搭把手帮我把我这颗脑壳再盘高些价钱。三千？三万？……

他故意没留时间让十一哥作一番盘算。一天的工夫，让一个好端端的船把式变成个土匪，确也难为人了。再说，三百个洋钱也够船把式攒半辈子的了。那天天黑下以后，瘤子老韩果然在埠头上等着，围巾也撇下了。十一哥就一个人来。

十一哥问他，哥，怎么就那么信得过我？他回答说，就冲你我都有人记，这是天上人给我们标下的记号，以便和平常的人区分开。我估摸着你满肚皮韬略，不至于把区区几个洋钱看在眼里。

自从得了十一哥这个人，瘤子老韩的名头才在远近几百里地有了起色，利利索索地吃掉好些小土匪，盘大自个地界。

其实瘤子老韩哪又晓得，十一哥这人并未长有人记。当然，那时候十一哥自个也不知晓，自个身上被瘤子老韩认作人记的那东西，到头来，却是一坨无关性命的赘肉……

小狗问，那十一哥的人记又是什么？

汉子茫然地看了小狗一眼，说，我哪晓得？以前跑船时，听一个船把式摆过这事，他见过十一哥的，却没讲出个底里。人记这东西，也不是谁都认得出来。

小狗圆话说，那船把式也没弄明白。

汉子说，瘤子老韩，死也死在人记上面。他只要见长有人记，就想留下那人，拉过来和自个一块干，满以为多有这样几条人，就能把局面不断铺大。但这天底下，人哪是一条心拢得住的？母狗一胎下的崽还花花绿绿各样各色。打蛇不死，反被蛇伤，这话说的，活脱脱就是瘤子老韩的现世报。

秧家三兄弟向来不和睦，各自占有山头，各管一方地界。瘤子老韩首先是找近的下手，一把端掉秧老三的锄把子岭。那天摸着黑爬到岭上，打进秧老三的窝。秧老三正躺被窝里，抱着那个挺要命的女人的光身，啃来啃去，稀里糊涂就被十一哥一索子捆倒在地。瘤子老韩要人找一个木墩让秧老三头朝下枕着，有个垫物，他才好一刀剁个痛快。秧老三也是个人物，眼看着刀擎起来了，一颗脑袋在那木墩上，竟然滴溜溜掉转过来，肥短的脖颈整整转得有半圈，瞪着操刀的瘤子老韩和那柄刀。老韩被秧老三一双阴鸷的眼球瞪得浑不自在，竟自收起刀子。他说，我给你个痛快，你把头扭回去，头低下，我照你后颈子砍。秧老三说，我就想看自个怎么个死法，看这刀怎么切断我这脖颈，死前也开回眼。瘤子老韩一怔，迟迟没有下刀，秧老三趁机骂开了。你这帮鸟人乘人不备，打我寨子，丢先人哩。

脑袋转了整半圈，秧老三说话声音还够雄浑，倒是有些活见鬼。这人嗓门浑不似长在喉咙里。

瘤子老韩倒抽一口寒气，刀子没再举起来。一旁的十一哥看得心底焦躁，拿过另一把砍刀比在秧老三脖子上要砍，瘤子老韩却不让，两人一推搡，他还抽了十一哥几个响耳光。平日两人推心置腹，甚而通梦交魂，却为一个外人伤了和气。瘤子老韩，这一步着实偏得太离谱。瘤子老韩说，这家伙脖颈里面长有反旋骨头，也是个人记。晓得么，搞不好是雷震子的现世人形，杀他不得。十一哥说，《封神榜》里的鬼话，你也信么？

瘤子老韩两眼定定地看着十一哥，斩钉截铁地说，我信。

十一哥看出这秧老三迟早是祸害，偷偷摸刀又要砍去。

瘤子老韩那天铁了心要留下秧老三的性命，揪住十一哥，把他两条胳膊扭得脱臼，让他动弹不了。瘤子老韩留下秧老三贪恋着的那女人，说我也不霸蛮留人，但你想好了，兄弟几个搭把手，过来一起干。女人我给你留着，啧啧，这一身又白又酥的好肉，真够馋坏一大堆男人。但我保证，给你秧老三全须全尾地留着。

秧老三走时也不道谢，只是阴着脸狠狠丢下两声，要得。

瘤子老韩其实死就死在那一步没走对，该留的人分了心，不该留的人却苟延了残喘。瘤子老韩干土匪营生，十几年一路走得顺畅，干着干着反而滋养出一腔迂气。明明是他娘的一个老土匪，偏偏想着学一学梁山的那套虚仁假义。

再说，我听人摆《水浒传》，总觉着不靠谱，听得烦心。一帮强盗匪胚，一个个杀人越货，心子哪一窍里装得有那么多义气？集上听人说书，你们几个小子，各自心里得留了分寸。说书佬的舌头，故事里的章回，终究当不了真。

6

……瘤子老韩的死法我听得有多了。那是因为，瘤子老韩这人确也长久时间没见露面。两月前，秧家三兄弟一齐被人弄死了。秧家兄弟已死，凭瘤子老韩的脾性，哪能不卷土重来？对他来说，这也不是什么难事。但这一阵时日，他还能沉住一口鸟气，任由马砣山一帮小王八蛋四下里撒欢，着实有些蹊跷。依我看来，瘤子老韩不死的话不会有这种局面。

有人说，瘤子老韩是中了冷枪冤死的；是在龙牙冲下面一道深谷里中瘴疠死的，死时还吐了几碗淤黑的血；刚才又听得你说，是十一哥撺掇一伙子人，要了他的命。这些，似乎都不可信，因这瘤子老韩的手段你们哪见识过？他一身本事，后脑勺都长着眼，不是说死就死得了的人。

说是有一次，高望界的龙居骥派了两个里手的枪客闪在道旁守瘤子老韩，老韩那天正好落了单，一个人在道上走着。待他走到伏击地段，两个枪客四把王八盒子一齐扣了扳机。要命的是，四把枪同时卡了壳，一颗子弹也没打出来。瘤子老韩反应过来，立即解下双枪，命那两个枪客走到道上，脸对脸站好。然后，又命他俩举起王八盒子互射。两人被瘤子老韩的一身煞气震慑住了，不敢怠慢，结果其中一个还是双枪哑火。另一个的两把枪这时扣响了，把同来的枪客身子上添了一对洞眼，死在当场。瘤子老韩这时呵呵一笑，说兄弟，以后你不跟我都不行的，你的两把枪已经率先认准我了啊。

后来那枪客，便死心塌地跟着瘤子老韩干了，一点歪心肠都不敢动。

又听说是四六师第三混成旅的一个团爷不巧碰着，把他给抓了，浑身绑得麻花花的，准备从龙牙冲带到县府。一路上，瘤子老韩和团爷聊着无事扯起淡，不想两人相当投缘，要没彼此这身份处境，真想跪下来喝血拜把子。都快到县城了，瘤子老韩求那团爷给个痛快。横竖是个死，他不想再过一回堂，受刑遭罪。那团爷也是个痛快汉子，说放了你我交不脱公差，拿你见官心下里又不落忍，干脆帮你痛快一回，也算弟兄两个今日有缘。就摸出枪来，帮瘤子老韩了断。

但这种说法，我他娘的也不肯信——说不出个道理，就是听着太玄乎，信它不得。

还听人说他中了蛊毒——说他一直和玄洞寨一个四十郎当岁的蛊婆天天搞在一起，最后是大泄身，死在女人身体上。这一说着实荒唐透顶，鬼听了都不信。瘤子老韩是个练把式的人，讲究的是抱本守元，留住一股真气，三分童阳。练把式的人对女人通常都有所克制，瘤子老韩自然也这样。别说一个蛊婆了，秧老三留下的女人，那真真正正才敢叫作好看，那脸盘那腰身那抛飞起来的媚眼，简直就是专事祸害人间的妖物。瘤子老韩愣没把这妖精女人放眼里，单独一间屋让她住着，晚上拿一块几斤重的老锁把门锁死，自个不去碰她，也不让别的人碰。他心里只看重秧老三，像憨婆娘等野老公那样，日日傻等着秧老三投奔过来。他自以为，秧老三这个人早晚会来。

那女人着实浪费，她自个也正当年纪，以前哪一晚床头离得了男人？在瘤子老韩的寨子里住得烦闷，白日里得空出来走动，媚眼也抛得勤快。但瘤子老韩竟像是帮秧老三看顾婆娘的太监，愣不准寨上一众弟兄拢她的身。

这样的人，能死在女人身上么？编出这话的人，根本还没弄清瘤子老韩一星半点的秉性。

倒是有一种说法，有鼻子有眼，也和瘤子老韩的脾性合辙。虽然离奇了些，倒不像哪个浑球蹭蹭嘴皮，随便编排出来的。

秧家三兄弟原先一直不合，甚至见不得面，打生下来就这样。但自从瘤子老韩去摸了秧老三的寨子，秧家三兄弟就一鼻子出气了。那老话怎么说的……

秧家三兄弟啸聚一处后，枪杆子加起来有一二百条，手底下崽子四五百号，陡地就壮实起来。而瘤子老韩人枪不足两百，闻见风声不妙，私底下逃掉不少。那十一哥在这节坎上和瘤子老韩有了隔阂，也带一帮崽子开溜掉了——十一哥倒不是怕秧家三兄弟的阵势，大难临头各自飞去。这瘤子老韩也着实让十一哥伤透了心。十一哥一走，瘤子老韩独臂难擎，哪还招架得住那兄弟三个？走到这田地，都是瘤子老韩自个使绊自个套上的。

秧家三兄弟联起手，轻易地打下了瘤子老韩的寨子，把瘤子老韩手底下那帮崽子用麻索串起来，一字排开当西瓜切。切掉一半，留下一半。打脱性命的那一半崽子不敢再有二心，鞍前马手跑得勤快。瘤子老韩乘乱逃了出去，躲过这一劫。

秧老三到底又把女人抢了过来。虽说眼看上去女人还是从前那样光鲜，秧老三心里头却来了嫌恶。他问那女人，瘤子老韩是不是把她给沾了。女人摇摇头。秧老三又问，那别个男人有没有把你沾了？女人哪肯讲实话，忙说瘤子老韩不让人沾她，成天一把老锁锁紧了。她身子一直为秧老三原模原样地保留着。秧老三阴恻恻地一笑，说你要是讲实话，搞不定我还留你一条命在。既然被人碰过了，回头还愣装干净，那就是把我秧老三不当人日弄着玩。秧老三早就晓得女人被十一哥碰过的，还那么发问，无非是猫盘老鼠盘软了再吃，多有一阵把玩。女人到底挨了一刀，丢了性命。其实，那情势下，女人讲不讲实话，都是要死的。秧老三匪性太足，疑心太重，且太在意这女人。

秧家三兄弟拔掉瘤子老韩的寨子，是去年鬼节前后的事。自后瘤子老韩就如同过街老鼠一般，到处躲藏，不得安生。秧家三兄弟得势，这地方大大小小的土匪也到处寻瘤子老韩，想要拿他一条命去秧家兄弟那里讨些好处。

说是有一天，瘤子老韩窜进丝茅寨，摸进一户院落，想寻些吃食。院里就住得有一个瞎老太，也不晓得怎么过活。瞎老太耳朵厉害，听见响动，问他是谁。瘤子老韩见她眼瞎，倒也不在意，只说是收山货的撞着了土匪秧家兄弟，不得已，借地方闪避一时。

秧家三兄弟后脚就带了几十号人，跟进丝茅寨子。瘤子老韩想脱身，也有些来不及。瞎老太让他藏在院坝里水缸后面，还拖了两捆柴稍稍遮掩。秧家三兄弟跟赶山狗似的，嗅着气味了，径直进到瘤子老韩藏身的这家院坝。瘤子老韩暗自叫苦，认准自个会死在这地方。那瞎老太却有办法，竟然把秧家三兄弟呵斥起来，要他们滚出去。秧家兄弟不敢忤逆,把带来的那些人全都撵出寨子,就他们三人还老老实实留在院坝里。

瘤子老韩这下才晓得,瞎老太是秧家兄弟的亲娘。

按说,这回虽然撞着了,但中间搀杂个瞎老太,搅搅局面,瘤子老韩还是能躲过去。想必是瘤子老韩不巧弄出什么响动——或者是枪嘴磕上了那口水缸,或者寒气上来着实憋不住,打了个喷嚏,让秧家兄弟有所察觉……不得已,瘤子老韩率先开了枪。他预先有了准备,出枪极快,枪法也准得刁钻。秧家三兄弟不明状况,加之又有个老娘得护住,落了后手,转眼间全变成死人。

瘤子老韩碰巧干掉了秧家三兄弟,过了这道坎,眼看着又要重新起势——瘤子老韩这样的人,但凡留得一口气在,哪有不翻身的道理?

过得几日,瘤子老韩独自一人,不声不响又去了丝茅寨子,提上几匣子点心补药,要拜谢瞎老太的救命之恩。瞎老太是通情理的人,晓得这人当日开了枪,也情不得已,不记恨。反过来,瘤子老韩窝心里面揣着有恩必报的江湖性情,哪见得瞎老太伶仃一人的样子。这一去,他死活要认她做干娘。照瘤子老韩的意思,瞎老太的生养死葬他都预备着一手包圆了。

这世道人心,说来也怪,总有琢磨不去的地方。依我看来,没长孝心固然不是好种,但有孝心的,未必全都是温良恭俭让之辈,在家里能对两老好上天去,出了家门也能随手杀人,把自家父母当神仙供养,把别的人,一概视作刍狗草芥。

又听人说，瘤子老韩要走时，瞎老太忽然说要把他的脸相摸一摸，也晓得那日救的人什么长相。瘤子老韩哪能拒绝，单膝跪在地上，抬起一张脸让瞎眼老太摸他面相。瞎眼老太摸了他脸上七窍，手停不下来，抖抖索索地又摸了他脑盖子的骨相，接着又去摸他脖颈。瘤子老韩忽然想到后脖颈上长着拇指大一颗瘤子，脑袋肯定是有些乱。

瘤子老韩不想那老太摸见瘤子。他这颗瘤子是他区别于别人的记号呵，附近百十里地，谁又能不晓得？小孩夜惊，当娘的总是吓唬说，瘤子老韩来了。这说法，能镇得小孩突然就闭了口。瘤子老韩就摸出随身的一柄尖刀，比着那颗瘤子，心里暗自地说，可不要摸到，千万再别往下面摸了……但瞎眼老太的手，还是一寸寸往下捋。瘤子老韩找不出别的办法，只好咬咬牙，手腕子轻微一抖，抢先一步把那瘤子割了下来。

7

小狗说，这就——死了？

那瘤子是人记，连着命的。好多人都是这么说来着。汉子叹一口气，说，要这话不虚，这一刀下去，哪还有活过来的道理？

小狗又说，纵是这说法不虚，那摆故事的人，又打哪里晓得瘤子老韩死前这一桩桩事情？

汉子蹙起眉头，细细一想，也想不出个所以然。他说，那就只有天晓得。但这秧家三兄弟的确让人打了个措手不及，瘤子老韩又一直不见露脸。这说法，倒能把两桩事情都说圆溜了。不是么？

一边那石小狗窸窸窣窣弄出动静来。汉子有所察觉睃他一眼，这石小狗正朝着汉子磕老大几个响头，磕得火焰都略微震颤。

汉子笑了，说，何事又抽起羊癫疯来？

石小狗虔敬地说，十一哥……哎不，十一爷，要不嫌弃，小的以后死活跟着你了，任你当狗使唤。

汉子奇怪地剜了石小狗一眼，又看看对面的琴僮小狗，又把目光转回去，不解地问，方才，你叫我什么来着？

十一爷！石小狗一口咬定地说，十一爷，小的打小一直钦佩你这样的好汉，今天见着了，也不晓得是几辈子做狗看门换来的，这以后小的对你绝不二心。

汉子再次呵呵哈哈朗笑起来，站直身子，仿佛坐得久了腰杆劳累，轻微扭动起来。他说，我说了不会杀你，何必乱拍马屁表效忠？又从哪里把我当成那狗日的十一哥了？我不过是挑脚贩盐讨口营生的人，哪时又做过好汉了？

琴僮小狗相互觑了一眼，也一脸的迷惑。再看看那汉子，身板挺直地站着，正用鞋尖踢了踢残余的火堆，脸色隐进浓黑夜色。而刚才漫天星月，不知哪时已黯淡下去。石小狗心底愈加敞亮，连声喊，十一爷，十一爷呵，你哪能不是十一爷……

汉子忽然变得焦躁，一脚踢起那堆火烬，烨炭就闪着火星四散开了。汉子喝骂道，你他娘的，乱吠。

石小狗这才噤声，歪起脑袋往上瞟，但那跪姿太过周正，脑袋转不出幅度，看不见汉子的脸相表情——他毕竟不是秧老三，脖颈里生有旋骨。石小狗满脸疑惑之色，被暗夜掩去。

汉子自觉有些失态，稍停，又坐下，拣起树枝把烨炭重又扒成一堆。他说，我何事成了十一哥呢？其实你们不晓得，之所以得名十一哥，在于他左手比常人多了一根指头。喏，就这样……汉子说着，伸出自个两手，把右手满指比在左掌的拇指旁。汉子接着摊开双掌，再一次澄清地说，我怎么会是十一哥呢？

他两只肉掌上，不多不少安插着十根手指，或长或短，布满刀口疤痂。一旁坐着和跪着的人，一样惊愕地看着这双手。这一闪眼的工夫，仿佛发生了某些事情，回头想一想，又并未发生。

……我就十个手指，和你们几个崽崽一样。你们成不了十一哥，我自然也不是。汉子面色松弛下来，上身往后倚着土堆。他说，另有个说法，似乎更符合情理一些。这十一哥不是什么跑水路的船把式，而是瘤子老韩的师弟，姓许，名三光，按说和我们也是同一脉的人。要是瘤子老韩的爹没被保长诬陷，这哥俩这辈子也就当泥瓦匠的命了。那回瘤子老韩——当时绰号叫韩小狗，才十几岁模样，叫这师弟帮他削掉刚刚长起来的瘤子。师傅及时撞见，一人一个响耳光，说，小狗的瘤子和三光的那根歧指一样，都是人记，都是你们各自的一条性命呐。这以后两人更是亲密得穿了连裆裤一样，没事你看看我的瘤子我瞧瞧你那歧指，为生有人记而暗自得意，当徒弟反而安不下心了。

韩小狗杀了人跑上山去，慢慢就混出名堂，成了瘤子老韩。十一哥往后还在师傅那里做了几年，眼看兄弟已经把事情铺大了，就跟上山去。两人十几年下来，相处极是融洽，做事焦孟不离。这瘤子老韩一身武艺，枪法神准；十一哥多读了几年书，脑袋好使，哥俩搭帮干活，遇事一直顺风顺水。这也得赖十一哥善于服小。瘤子老韩这人义气，十一哥刚一上山，他就说兄弟两人一文一武，该在龛下面添把太师椅，平头起坐。十一哥晓得这事搞不得，人一多了，人堆里头就得长幼有序主次分明。不然，彼此再是融洽，早晚也会暗生疑窦，伤了和气。十一哥虽服小，瘤子老韩心底却有数，天黑下后，两人坐屋里喝酒，依然兄弟称呼；当着手底下一帮崽子的面，瘤子老韩也从不曾拿十一哥的错，从不把他喝来斥去。这兄弟俩，火砖缝里灌洋灰，私谊好得密不透风。

坏就坏在秧老三的那女人身上。女人叫花雉，野鸡坪的妹子。野鸡坪是个生长美女的地方，模样俊俏的女人一拨一拨，风水好呵，花雉更是百十年来头一名。秧老三当年把整个野鸡坪端下来，把男人杀掉把女人聚拢，最后挑出这么一个。但这女人，瘤子老韩放着不用，实在可惜。

花雉自被掳过来以后，心底八成还一阵阵暗欢喜。瘤子老韩武高武大，瓦刀脸上也是一棱一角，怎么看都不缺人物派头；秧老三虽然也算得条好汉，但在女人眼里，着实生得丑陋了点，左脸遭过火刨，撂下刀条样的疤，晚上睨着，简直不知是人是鬼。

那夜瘤子老韩带了崽子下山干活，留下十一哥把守寨子。晚饭时十一哥喝得一肚子烧酒，借着酒劲撒欢，一榔头砸丢了老锁，踅进花雏所住那间屋子。十一哥原打算进去了，就和女人讲一通废话，聊以解脱这股酒闷。十一哥平日憋得一肚皮话，找不到女人倾诉，日子也过得不是滋味。瘤子老韩既然发过话的，十一哥也不敢不听。花雏这骚婆娘见十一哥摸了进来，定然欢喜得不行。她身上那块雷公田，好久没有雨水滋润，旱得皲皮裂缝……女人怎么个用法，你们几个崽崽弄得明白？

琴僮把脑袋左右摇开。

小狗沉吟一阵，没有回答。

依旧跪着的石小狗见识稍多一些，接了话说，怕是怕是，和公狗母狗交媾的样子差不去许多？

都是没开窍的呵，可惜，三根嫩笋注定是钻不出笋壳了。汉子的脸在夜雾中轻微抽搐，又叹了一口气。往下，汉子冲琴僮说，女人可真是个上好的东西。琴僮你他娘的，前回要是霸蛮把对门河王家的满女弄了，让她沾了你的骨血，她家哪还讹得去你五十块洋钱？

——说十一哥。那一晚，十一哥倾倒了自个原先备下的一箩筐废话，拔腿就要走人。花雏哪舍得让他走，做出媚态百般挽留，神仙都把持不住。十一哥是条汉子，把馋口水硬生生往肚里吞。花雉见勾引不下，换个套路，把脸陡地一拉长，说，看样子，以前听来那些传言，倒是假不了。十一哥就着话问了，什么传言？花雉就说，你还愣装。谁都晓得，你和瘤子老韩乍看上去有模有样的两个男人，其实，暗地里都是二尾子，晚上抱成一坨，嬲得不可开交。十一哥就火了，说，嚼他娘的屎蛆……

小狗问，何事叫二尾子？何事又叫作嬲？

汉子干笑两声，说，那花雉粉杏眼一瞪，依旧撩拨十一哥说，我在你们寨子待得有这么一阵时日，到时候走了，干干净净把给秧老三，那传出去也他娘的是个笑话呵。人家会说，这一伙土匪，竟像读书人一样斯文呆气，个个柳下惠坐怀不乱，送上门摆上床的女人都不晓得沾一沾，真他娘荒唐。呵呵哈哈……十一哥一想，花雉说得没错，这事传出去真是天大的笑话呵。他浑身血气燃了起来，一阵燥热，就揪住花雉败败这火气。花雉也正中下怀，腰身一挺迎了上来。那一晚，这对狗男女弄得涅槃了好几回……

小狗又问，何事又叫作涅槃？

能说的我自会告诉你，不能说的，你也不必问。人不能什么事都晓得，要不然死得更快。汉子说，待瘤子老韩回到寨子，晓得这事，就让人把十一哥捆了，拖到厅上拿他错。当然，瘤子老韩倒不会把十一哥处置掉，但先前放下重话，而今不做出些样子，寨子日后也不好治理。最终十一哥落得一顿痛打，皮开肉绽，但十一哥心里毫无怨怼之意，体谅瘤子老韩不这样搞也不足以服众。

　　瘤子老韩把十一哥发落一顿，这事也差不多过去了。

　　这十一哥生性爱吃狗肉，到得冬春时分，时常把自己乔装成农人模样，走几十里地，去到界牌镇，专吃胡四毛家的瓦罐狗肉，呷些烧酒，消遣去一天光阴。秧家兄弟摸清十一哥这一嗜好，就遣一个崽子去到界牌镇，递给十一哥一封信，约十一哥做个内应，到时候一举端掉瘤子老韩。秧家兄弟还许诺，这事成了以后，花雏就留给十一哥，长久夫妻也行，受用一时也妥，绝不食言。十一哥哪是轻易反水的人，他跟瘤子老韩一二十年的交情，又哪是别人轻易厘得清的？但在界牌镇，十一哥不便杀人，让秧家兄弟派来送信的崽子走了就是。这就留下祸端。

　　回了寨子，十一哥立时闻到气味有些变，瘤子老韩睃着的那眼光，腾地漠然起来。两人相处十余年，这情势从不曾有过，这隔膜的滋味也不曾遭受过。十一哥晓得是有人把界牌镇的事报给了瘤子老韩，便耐下心来，等着瘤子老韩同自个黑下里再喝几盅，摆摆这回事。只要掏心置腹，哪样事不能说清楚？一天云迟早也会散去。可瘤子老韩跟十一哥摆出一派不杀不剐的架势，每日阴鸷着眼看十一哥。

　　……其实两人间的关系，太过亲近，也不是好事，就同细瓷花瓶，但凡有一道损伤一条缝隙，整个物件便报废了，锔都锔它不得。弟兄亲友间平日里有些小的磕绊，未尝不是好事，哪时突遇变故，见怪不怪，容易弥合过去。

　　汉子喃喃自语地说道着，也不顾旁的人个个兴致萧索。

这时，汉子无故又叹一口气，尾音拽得老长，如同这夜雾一般久久不见消散。

……十一哥见这情势扭转不了，在山寨里实在待不下去，找机会带身边几个崽子跑下山去。瘤子老韩哪能不晓得，却也不拦，让十一哥走了清静。十一哥心底凉得很，不想再干这营生，遣散一帮崽子，独自谋生计。先是去了辰州一处挑筋教教堂做事，那里面是亡命藏身的上好去处。但日子过得着实清苦，十一哥做不了多时又离开了。他出逃时匆忙得很，没带得钱物，打算贩几趟盐，赚些洋钱，再投一门旁亲远戚落脚，找个借口把这些年做下的勾当全都掩去。反正，以前干活都是瘤子老韩出头露脸，他只在背后谋划，没几人认得他，要瞒完全瞒得下去。他这一阵东奔西窜，弄得心力交瘁，只想抹杀过往一切，规规矩矩做一回人。

十一哥有一阵在朗山藏身，跑朗山去靖德的盐道，干了几手，还没搞到几个钱，就被一伙野贼关了一回羊。钱被搜走以后，关羊客们按部就班要刹去一个手指。十一哥老老实实伸出左手，按这规矩，他这回应该蚀掉满指，满指上长着风纹。关羊客拿起他左手一看，稀罕，摸起刀要刹那个歧指。十一哥下劲地求饶，想留一条命在，说一堆好话。那伙关羊客里头，也有人认得，这歧指八成就是人记，一时来了兴趣。他们也想见识见识，这人记到底是不是如人所说，连着性命。

十一哥的歧指被关羊客平整地切了下来，等得好一阵，浑没有要死的迹象，搞得那伙关羊客兴致索然，复又把十一哥捉住痛打一顿，打得他软作一坨，扔在道旁。十一哥活过来以后，左手的拇指旁边，就落下圆溜溜一小块疤，肉红色，一直结不了硬痂……

汉子叹了口气，轻幽幽地说，唉，就是这个样子。

8

琴僮见汉子把左手摊开了，一时好奇，带着几分懵懂，把脑袋凑过去，看汉子的那只手上有什么名堂。

火堆已经燃得差不多了，汉子的手和他的脸一样暗淡无光。琴僮还没看出任何蹊跷，就被汉子一手摁在地上。

一旁的小狗和石小狗惊骇得同时叫出声来，他们看见汉子手里多了样东西，那东西银白雪亮，在月亮下折射着幽微的光。

琴僮喊一声，叔……

琴僮的声音断了。这汉子自怀里掏出一把剔骨尖刀，轻轻往琴僮那细长如鹤的脖颈上一抹。琴僮的声音便断了。再过得一会儿，那血线才蚯蚓一般从刀创处钻出，黏黏糊糊挂到地上。

这时石小狗闷声地说，枪！

他那把枪被扔在地上，距汉子有四五尺远，距小狗不足两尺。小狗被这一声闷哼喊醒，身子一长，手一探率先把那柄枪拾起。这以前他没碰过枪，凭着些许想象，把枪管对准汉子。

汉子说，这不行，你还不会玩那东西，但我可以调教你。呶，那里有股拴撞针的细绳子，不解开的话，子弹就打不出来……说着，他往前跨两步，手一伸，就从小狗手上轻易地把枪取了过去。汉子看看枪口，一个甩手，枪就往后面打去，仅有的那粒子弹嵌进琴僮的胸膛。

汉子说，加个保险。我这人做事，一向稳重惯了。汉子收起那枪，忽而又以一种慈爱的目光看着小狗，说，你怕个鸟，我不舍得杀你。你们三个兔崽子，就你让我满心喜欢。我杀了谁，也舍不得杀你。

小狗哪曾见过这样的阵势，软瘫在地上，一头虚汗。石小狗赶紧又磕了两响，说，十一爷，我老早看出你是十一爷，今后我和这小狗兄弟一前一后跟着你。

你嘛……汉子拿那柄枪朝石小狗指了指，又往他脑壳顶敲了敲，笑了。他说，你这人倒还蛮机灵，稍有些油滑，但并不让人生厌。本来可以留你活路……

石小狗浑身筛糠似的颤抖着，再开口讲话，上下两排牙磕得吧嗒吧嗒响。他说，十一爷，我就是死，也不会跟人说起今晚的事，你饶我一条命，我……

汉子噗地一笑，说，这天底下，哪有关羊客去揭发土匪的道理？你这狗一样的东西，多有几个我也不放心上。只是你脖颈后面那颗瘤子，跟炳先长得太像了，委实太像了，我看着那瘤子，就浑不舒坦——你娘还活着？

石小狗鼻血长流地看着汉子，发起呆来。之后他说，我娘是死掉了,可是我老子还在,病在床上。我要料理他老人家。

我又没问这个。汉子把空枪扔掉,说,过一会儿你应该去问问你娘,怎么就给了你一颗和炳先一模一样的人记。本来我不想杀你,我下山那天就交代自个说,以后不杀人了,他娘的,戒了戒了。现在我他妈有了个女人,女人怀了我的孩子,冲着这点,我更得积德。要不然,生下一个没屁眼的孩子,是会让旁人笑掉大门牙的……有机会,你应该问问你娘,你生下来的那天,天色云相是不是有什么征兆,才落下了这颗瘤。

说这话的同时,汉子抬头看看天色,看看月光。汉子铁锈色的脸绷得铁紧。

石小狗哭着说,爷爷,留我一条命在,这往后,随便爷爷怎么使唤,随便爷爷……想怎么嬲,就怎么嬲。

汉子一脚踹倒他,说,你这崽子倒蛮开窍呵。但你以为,老子馋得不行了,见个人就想嬲是么?

汉子捏住小狗的后脖颈,把软得像一摊泥的小狗提起来,再把那柄尖刀硬塞在他手里。汉子掰开小狗的右手手指,把刀放进去,然后又把每根指头重新掰回去,捏住那刀。汉子努了努嘴,跟小狗说,把他瘤子割下来——也就是割下那一坨瘤子。要是他不死,就没你的事了。

小狗拿不稳,手一抖刀子掉地上了。汉子扇了小狗一个巴掌,不见反应,又扇了一响,问他,你去是不去?小狗依然没动,汉子正反手扇去,扇了小狗不下十记耳光，打得他鼻血像花洒一样喷散开去。小狗蹲下去把刀拾起来。

汉子说，这就对了嘛。汉子又说，瘤子老韩说是死了，我心里却一直安定不下来。今晚，活该这家伙长着瘤，也让我亲眼看看真假。他把小狗推了过去，又是几个耳光打来，但小狗像是被打皮了，没动静。汉子一手抓住小狗握刀那只手的手腕，稍一用劲，刀锋触着了石小狗的后脖颈。

石小狗觉得后脖颈一阵冰凉，皮肉猛地抽搐起来。汉子说，原来还当你会好点，看来和琴僮也差不到哪去，都是不值价的货。

汉子打雷似的跟小狗吼叫着，你他娘快点，快点。你心里清楚，今晚上我多杀一个少杀一个，也没什么区别了。你他娘的乖巧点，别搅得我心烦。

小狗和石小狗都想哭，都没哭出来，嗓子眼里堵得有东西。

汉子说，其实，杀人也就是那么回事。我一开始学杀人，哪有今晚这样便利？可以揪个活物摆在这里试手？汉子说着，手也没闲，又在小狗的脸上扇起耳光来。小狗一边脸已经肿了，耳朵里闪着喊喊喳喳的鸣叫。

汉子继续扇他耳光，耐性十足地扇。他循循善诱地说道，要想哭就哭出来，哭的时候再杀人，就能轻松些……

汉子说，反正他是活不过今晚的，你动手我动手，结果还不都一样？

汉子说，你他娘的，一开始都这般摆出一脸不落忍的样子，假模假式。到后面惯了，杀得顺手了，我怕你隔一阵找不着人杀，还憋不住，像吃了烟膏一样有瘾头哩……

汉子又说，切记不要闭眼，要是闭了眼睛，那滋味就寡淡了。

汉子一面看看天色，一面催促地说，早点动手，还可以在这里睡个囫囵觉……

汉子手上仍然扇得起劲，而且力道不断地加重。小狗禁不住哭出声来，脑袋被那一阵巴掌打热了。不晓得几时，手轻轻一颤，石小狗后脖颈上的那颗东西就滚落下去。那柄尖刀上，跑满了月光，还沾有几颗绿豆大小的血珠。汉子把刀拿过去，轻轻一吹，血珠子掉到了泥地上。

石小狗遭刀那一刻，撕心裂肺叫着，十一爷饶命……

汉子颓唐地听着石小狗底气十足的叫喊，暗自说，难道这不是人记？再看看石小狗，依然鲜活着。汉子想往他胸口添一刀，却忍住了。他抄着手，要自己静下心来，再等等，再看看。

不消半刻，石小狗向后一瘫，在地上躺直，双脚往虚空处踢腾。宰鸡宰鸭时，被放血的禽畜，通常也会这么踢腾。汉子拎起小狗，打雷似的跟他说，看呐看呐，看着他怎么个死法。小狗想把脑袋撇向一边，但汉子手劲大，掰着小狗的下颚，稍一用力便把他整个头又扳了回去，再一掐他眼眶，小狗的一双眼球就凸了出来，迫不得已看着地上的石小狗。

石小狗的脚踢弹了几下，又踢了几下，渐渐地，不再动弹了，像一张没硝好的板皮一样，软塌塌地覆盖在地上。

汉子嘘出最悠长的一口浊气，冲着石小狗尸身轻轻地说，炳先呐炳先，看样子你确实是死掉了。

戒灵

1
"豹崽子"扁金

　　云寰寨这个地名，是可以顾名思义的。方圆百十里的人都认定，天上的云团都是从这个地方飘出来。远远近近全是绵延的山，山底下往往有脉象牵扯。一条大的脉象上，牵连着百十座山，像藤蔓上结满八月瓜。山民寻不到脉头脉尾，一辈子困在这山脉中，终年苦作，收成微薄，却又不敢轻易离了这方水土。老人们都说，走出山脉，是更大的山脉，像笋皮一样层层包裹。离了自家的山，外面山上的神，是不会庇佑你这外乡人的。神就像每户家里养着的狗一样，见熟人就摇着尾巴相迎，见生人就恶吠相欺。

而有些山孤独地、孑然一身地耸立着，和近旁势力庞大的山脉冷眼相觑，互不往来。山民往往依傍孤山聚集，居住下来形成一个个村寨。孤山与山脉之间的空隙会稍微平展，可垦出田地。孤山往往兆示着水脉走向，在山脚寻着富水的土壤，稍微凿深一些，井水就会汩汩地流出来。

另一个缘由，就是遇着土匪抢掠，山民可以往孤山的山巅跑去。山巅早已垒好一圈石墙，备着大块的滚石。进到墙体里面，居高临下守紧了，匪灾十有八九都躲得过。若往那些有脉象的山峰上跑，任何一处峰头都不牢实，土匪摸得上去。

囿于山地的封闭，山民的视线也铺不宽，总以为天上事物都与近旁的一些山有关系。云是从云窠寨飘出的，雷和雨都是从兮颂寨播撒出来的，而太阳，山民们如果早起登上山顶，都可以看见那是从最东边的内腊山上升起来的。那山不住人。那山住着日月，山民把日叫作"内"，把月叫作"腊"。据说日月都喜好清静，人住在上面，会扰得内公腊娘晚上睡不落觉，早晚升起会误了时辰，造的孽大了。

渐渐地，有的山民走了出去，晓得这片山看似占据蛮宽泛的地方，和外面一比，着实小得可怜。走到外面，就明显看出来，云不是从云窠寨飘出来的，日月也不是从内腊山升上来的。出去的山民回来，跟家里人说到这事，说眼光得变一变，外面太大，像一个大号筻箕，而我们这里所有的山堆起来，也只是筻箕里的一粒谷壳。老人不喜听见这些话，要出去又回来的人噤声，说不要让内公腊娘听见，不要让兮颂寨的雷神兮颂听见，他们会不高兴。今年的日光雨水都给得足，还不是他们心情好了赐下的？

有山的地方多雨。春天的时候，打雷闪电，电不像是从天上划下来的，而是在一片灰暗的映衬下，从一座座孤山的山头长上去的，直插天宇，劈得一天暗灰的雨云不断开叉，又很快闭合。这也应了人们的说法，兮颂神会在众多孤山的山头跳跃作法。

下雨前的那个晚上，天色会特别浓黑。如果月亮还出得来，会蒙着一层雾霭。山民说，腊娘戴斗笠，早雨如顿溃；内公披蓑衣，地界三年稀。按语序，内公两句应摆前头，腊娘两句应放后头，但山民编个四言八句常常反着说。意思是，大旱三年，其实应落下来雨水都在天穹顶存着，像存在一口池子里；然后，这池底子忽然被谁的手揭开，积存三年的雨水同时泼了下来。顿溃没有对应的词语可译（山民很多词汇，在汉语里找不到现成的词去对应），那意思，大概是说天被凿了个大窟窿。

而太阳披蓑衣是怎么样的景象，捱到扁金晓得问这问那的年岁，已经无人说得清。老人们只晓得似是而非地描述一些天象，完了都交代一声，说自个从不曾亲眼看见过。

那年大旱，天象也不早早给予明示，这一带大量田地绝收，出了穗的秧苗，也像虮子一样细细的，瘪瘪的，里面没有米，只有"胀谷风"。空谷皮磨成细糠，吃起来满口钻，比碾出米的谷糠口味还要差许多，因为没有被米油浸润过。

云窠寨的扁金不晓得父母的模样。早早过世的父母留下一块田产,等扁金长到几岁,那块田突然塌陷,形成好大一个地漏,不能再种植作物。扁金到了二十郎当岁,只好每天早起爬行十几里山路,到挨近内腊山的一块河滩上去垦地拓荒,种些谷物。他倒是想在那河滩住下来,但云窠寨的老人却作死地劝他,每晚收工还是回寨子。扁金说,我不会惊动内公腊娘,我一条光人,狗都不带,天黑下了就睡,一丁点声响都不会弄出来。老人们还是不许。他们说,内公腊娘就撇在一边不说,以前祖上这些说法,也当不得真。但内腊山那边有虎,有豹子。你一人搭个小茅棚,如何防得了这些兽物?老人们又说,扁金你光卵一条是不愁,但你娘死的时候我们不巧在场,听你娘托话的,要看顾你,你饿了要周济你。既然那天我们当着你娘点了头,现在就得管着你。我们也不是闲人多事,喜欢管你。

扁金说,不是有梅山神戒灵保佑我们么?有他在,我又没干违背他的事情,他怎么会遣了虎豹来吃我?有个老人叹了口气,说要是梅山神戒灵打个盹,这当口虎豹来吃你怎么办?神仙也有照顾不到的时候呵。

扁金看这些老人恝直认真的模样,只好点头答应,每天来回二三十里,去看顾河滩上那块薄田。

这年大旱,河干涸了,扁金开的田,土薄,被太阳晒成焦褐的颜色。兮颂寨每天晚上会传来神汉巫婆的鼓声,那法鼓敲三下一顿,顿三下会传来一句祷词。一连响了好几个通宵,浸湿地皮的雨也没降下。神汉聚毛杠了一道仙,借笔神在铺了米的匾里画出一些符谶。聚毛说，雷神兮颂走人家去了，串亲戚去了。看这符谶，估计他老人家往南，去了南海。在那里他有个小姑子，死了。他小姑子停灵一晚，合着就是我们山里的一年辰光。

神汉聚毛的话第二天才传到云窠寨，于是云窠寨的人衮心也悬到嗓子眼上。他们想，兮颂的那个小姑子停灵得有几晚啊？按山里的习惯，死人是要摆七天的，那岂不是，得熬上七年才有雨下？神仙家里亲戚多了真不是好事，有个生死病痛，婚宴嫁娶，都会让下界的人受罪。

聚毛说，神仙事情多，忙不过来，串个亲戚，顶多也就一两天。别人提心吊胆地问，一天还是两天？聚毛又说，我苦点累点，道场做勤快一点，给他老人家告告急，没准他早点回来。

兮颂寨的鼓声响得有半个月了，之后有个傍晚，山民胡乱弄了一顿晚饭，举头往天上窥去，今晚的月亮有点不同，月亮的边线轮廓很不分明，毛碴碴的。再后来，一些云翳沾附在月亮旁边，就不再动了。山民们看着这样的景象，想起自小就会念的谚语，心底按捺不住一喜，以为明天天象有变，雨说不定就浇下来了。

一连几天过去，每夜月亮都披了轻纱似的脸面模糊，但次日太阳依然焦毒，一遍遍翻晒地面。山民这才晓得，谚语里说的事，有它的道理，却不也是屡试不爽的祖传单方。白天，顾不上燥热，山民拿了筐筐篓篓去掘草根采树叶，预先备着。能充作野菜的草无非是青蒿、芭茅根、青川草、老鸦菜、糯米草、野茼蒿……把这些东西挑出来，塞进大缸里面，再把开水化盐，放冷以后浸进去，一应弄成泡菜，吃着有一股酸腐味。但人的胃囊子瘪了几天以后，只求有东西往里面填，哪顾着味道？要是手脚稍慢，过不多久，山上草根也没处挖了。

雨没有落下来，月暗星稀的晚上，豹子好几次摸进云窠寨，找吃食。

山里人家大多养着狗。山民再穷，狗食还是会省出一碗来。教小孩算人口，家里的狗通常是要算一口的。不到大饥大荒的年头，狗自个生老病死，留下一具尸身，也不能吃，而是跟人一样打发，找个向阳的地方埋了。山民有山民的讲究。这些狗不进到城里富户宅院，而是落生在山民的草窠里，不嫌穷蔽，一门心思把这家看好了，山民心里先就有一种愧怍。狗叫唤了一辈子，若死后还剥皮燎毛炖了吃，老辈的人就会骂了，说现在年头还过得去，就要吃狗，那日子稍微困顿，还不得吃人了？

山里的狗还是蛮多，晚上，狗们会吠月。满天都是黑的，黑得一塌糊涂，却飘出一只月亮，着实有些奇怪。老狗对这见怪不怪，但当年落生的嫩狗还不习惯眼前的事物，又刚开了口叫，嗓子眼憋得慌，吠个不停。这吠声扰得老狗们也耐不住了，也跟着小辈长短不齐地叫唤开了。

豹子的嚎叫声，像是从很高的地方掼下来的。说来也怪，豹子的声音并不尖细，而是低沉喑哑的，像一阵风钝钝地滑过竹林，过去之后还留下簌簌余音。狗们的声音很高亢很驳杂，月光惹得它们突然记得自己祖上是密林深处的狼，于是欢实起来，拖长的尾音有如狼嚎。但豹子声音一落到寨里，狗们一下子全哑了。主人开了门出去，往往看见院落里的狗低低吠着，很哀伤的样子，若见了光，会弯着身子一圈圈转起来。那是被豹子的声音吓蒙了。狗从不知掩饰情绪，高兴就把尾巴甩得一片风响，悲哀了就低吠，害怕了，就会急得去咬自个尾巴。

豹子最爱吃狗肉，就犹如狗最爱舔食人粪，牛最爱嚼河边的丝茅草，羊最爱啃篱笆上的女贞树叶，生就的。寨里的人看见狗的动静，晓得豹子会来，不敢大意，都进去把门闩死了，把自家孩子看好了，再支起耳朵听外面的动静。碰到这样的时候，狗反而不往屋里带，得留在外面。这也是山民多少年来形成的习惯。畜物是护不周全的，若狗护住了，还有猪，还有牛，还有羊，还有鸡子。豹子不得手，盘旋在寨子周围不肯离去，反而是更大的祸害。每次，豹子只拖一只狗去，往后寨子会平静数月。所以山民们说，这豹子其实蛮仁义，不贪心。若它三天要吃一只狗，你还不是得给它？

豹子来临的夜晚，狗都得留在屋外，用不着约束，每家都会这样做的，只看哪家的狗倒霉。被豹子叼了，也没事，回头有哪家的母狗下崽，去抱一只。

豹子趁夜叼得一只狗去，过不了多久，寨子的狗又吠起来。寨里的人也知道，今晚上的凶险事过去了，打开门看看，自家的狗还在，也不是蛮庆幸。别家的狗死了，别家的人会有一两天难过。

扁金从不养狗。寨子里就他不养狗。他白天出门，那间破茅房用不着狗看护。听见豹子的声音，他会暗自欢喜。第二天，起个大早，拽把柴刀踏着露水出去，绕寨子转一圈，就知道豹子的去向。循着路径，他不断能找出一些细微的踪迹，走不了几里，就能寻着没吃完的狗尸。豹子不同于红狐和紫貂工于心计，一顿吃不了的会挖个洞穴埋藏起来，等哪时背运逮不着兽物，再重新挖出来享用。豹子不是这样，这顿唊了个肚皮滚圆，就把吃剩的东西一扔，也不管下一顿到哪里寻觅。豹子是捕猎好手，少有放空的时候，从来都无忧无虑地过活。

扁金找得着豹子的弃物。甚至有一回，找到地方一看，圈柴家的大狗子仅仅丢了个脑袋，四条腿都完好的，拿回去有几天口福。扁金不难瞧出来，昨晚进入寨子的这头豹，个头应是挺小，食量也小，吃相斯文。不像别的豹子。大多数豹子玩性大，一边吃一边还会掏狗肚子，把狗的肠肝心肺掏出来到处扔。

人吃狗肉，讲究一黄二黑三花四白，讲究后腿肉厚前腿肉薄拎个狗头全是壳，而豹子反着来，先从狗头吃起，喜欢吃里面嫩如豆腐的脑浆。

云寁寨的人都晓得扁金会这一手，能从豹子嘴里分得狗肉吃，也不恼，反而亲切地管他叫"豹崽子"。自家的狗不能杀了吃，若寻到豹子弃下的狗肉拿回去吃，怎么说也是天经地义了。寨里的人也羡慕扁金讨得这手便宜，遇到丢狗,次日一早也攒了心劲出去寻找,但摸不着门道,瞎走一气。回回出寨寻狗的人多,最后找到狗肉的,仍是扁金。

寨上的老人看出来了,这若不是扁金生就的才能,便会跟扁金嘬了几口豹奶有关。扁金吃过豹奶,管用得很,从此他身上也有了豹性。事情还得说到扁金半岁大小的时候,那时他娘还没死,抱着他下地干活,奶完了,就把他连同褟褓放进一只藤篮里。那天正好一只母豹从那一带过道,寻着扁金他娘不注意,叼着扁金的褟褓就走,沿着山谷往远处去。他娘赶紧呼救,好几条后生听见山里泛起的回声,赶了过来,知道女人的小孩丢了,一路往山谷深处撵。撵了三四里路,竟然远远看见了那头母豹。

那地方是山谷里马鞭溪折转处,凸出一块巨大、光滑的麻石。有经验的人一看就晓得,那是豹子出没的地方。夏天里,豹子最爱去到马鞭溪边的石头上乘凉。走得近了,几个后生看得清楚,那是头花斑豹,个头不大,六七十斤,正像狗一样蹲坐着。见到有人靠近,母豹一点也不着慌,龇龇牙露出些凶相。它晓得这一群两条腿的货色根本跑不过自己,用不着担心的。

几个后生再一看,奇了,女人的那孩子竟然在母豹肚皮下蠕动着,小脑袋一拱一拱。母豹把猎获的兽物叼到地方,总是要耍弄一番,再咬死。待这只母豹放下了扁金,扁金哪管身边是个什么东西,他饿了,就到处去找奶头嘬。居然给他找到一枚,叼在嘴里就不肯放了。后生们手里拿着锄头茅扦，慢慢拢近了。那母豹这才甩开扁金站起来，伸伸懒腰。豹子跟狗不一样，肩和臀高耸着，身子、肚皮如同一道弧线往下坠。伸懒腰时，它臀部先行拱起来，前爪尽力往前探，身上的膘好似在流淌一般，哗啦啦全堆到屁股上去了；两只前爪舒坦了，又去伸后爪，臀部立时矮下去，肩头高高耸起，浑身的肉看着又一圈圈往前面挪。母豹整个身子都弄活络了，这才轻轻一跃，跨过溪涧进入那片矮林。

后生把小孩抱起来。这家伙，除了褡裸上被豹牙挂出几枚洞眼，身上竟然没伤口，还喂得满口豹奶。

当夜，这事传回云窠寨，寨上生过小孩的女人一听，也并不奇怪。她们说，肯定是母豹发奶发得太多，正胀痛着哩，小孩一喂，它就舒坦了，哪还舍得一口把小孩咬死？男人们一听明白了，说那倒是，母豹又不能像你们那样，腾出手来自个挤，挤得满地都是，招得蚂蚁爬满了院子。

吃过几口豹奶的扁金，日后长相却有些邋遢。小时候寨上人还蛮欢喜地冲着他喊，豹崽子，豹崽子！死了娘后，他慢慢长大，身子矮圆，发毛拉杂，根本不似豹子那般膘实精悍，倒像传说里的人熊。后来，豹崽子这名字也没人叫了。等他成了年，无师自通掌握了循着豹子踪迹找死狗的本事，"豹崽子"这名字，也一同被找了回来。

有些后生也想吃狗肉，碰见扁金就不肯放他走，说，豹崽子哎，也别吃独食，把你找死狗的法子，给我们教教。扁金哪里肯说出来？寨子丢狗，一年也就这么几回。而且，狗肉这东西，越吃越上瘾。即使夏天吃多了会腾起内火，烧得鼻血长流，他还是直呼过瘾。扁金在人前乐得摆出个憨相，敲着脑壳想了半天，也说不出话来。别的后生说，豹崽子，是不是你吃得几口豹奶，得来豹性？那我们岂不是学不来？扁金就顺着他的话说，嗯，也奇怪，要我说个子丑寅卯，还真是没有。豹子过道，我像是闻得出气味。豹子身上有点膻，走道挨着草树，草树上就会沾着膻气，仔细闻一闻，闻得出来。

那些后生竟然肯信，听得心头一凉，晓得这狗肉活该扁金一人吃着。其实哪是这么回事，扁金的鼻子又不是狗鼻，他找豹子，虽然也隐隐闻得见一股豹膻，有时候豹尿的腥臊他也能分辨出来。但主要的手段，还是凭着眼力。豹子行经的地方，有迹象可循。若讲出去，只消一顿饭的工夫别人都能学了去；若不讲，这手功夫便闷死在自个肚皮里。

扁金不是话多的人，他若不想讲，嘴巴任谁也撬不开。其实有时候他也想讲话。他一个人过惯了，如果肚皮里实在憋着话，像女人憋奶一样难受，他就会去跟山脚的树讲，去跟溪畔的石头讲。每顿吃狗肉前，他会对着狗肉讲一堆话，再面朝山林说话。那些话他是说给豹子听的。他感谢豹子仁义，把那么好的狗肉留给他吃。

有时候，扁金心里觉着，也应该感谢丢狗的人户，但他晓得不能想太多。想得太多，狗肉吃在嘴里就会觉得亏欠了人家，就会吃不出味道的。他的胃口和山上豹子一样，吃上狗肉就觉得是过年。

2
开堂会的麻婶娘

这一年的辰光，绝收断粮是铁板钉钉的事了。豹子来得勤快，两月不到就进寨三回。有一回，豹子被牛现兄弟埋下的兽夹夹伤了腿，拖着兽夹踉踉跄跄地跑了，狗没偷成。老人们聚在苦楝树下，都说，看样子，又到了吃狗的年景。

这月余的时间，云窠寨已有两户人家丢了狗。前一回，扁金没有寻到剩狗；后一回，扁金只找到一条狗后腿，边缘有撕咬过的印痕，还有扔得满地都是的狗下水。狗是牛现家的，牛现在丢狗后一天的晚上来到扁金的茅棚，看看扁金在不在吃狗。扁金果然在吃狗。他用瓦钵炖着狗肉，配料都是从山上掘来的草根，和城里人户炖狗肉时常用的柑子叶八角茴香不同，炖出的味道不那么酽，那味道平实轻淡，袅袅地在茅棚里飘着，又从茅苫里钻出去。方才，狗肉香跑到了牛现的鼻子里。他晓得这个下午应该会有狗肉香从扁金的茅棚里飘出来，一闻，果真就闻到了，还打了几个响喷嚏。

扁金也晓得是牛现的狗，只是笑笑。他暗自地说，现在，这狗跟牛现没一点关系了。狗是扁金自己找来的。牛现也明白这一点，扁金吃狗的事，全寨的人都默许了。谁叫他闻得着豹子身上的骚气，寻得着踪迹呢？

扁金，我就是看看，你找狗的本事是不是真的。牛现兀自笑笑，说，看这样子，是真的咧。

牛现坐下来以后，掏出一壶米酒，说，老弟，我也不白吃你的。这狗我不认得，认得的话，我也不会吃。这几天哥哥我败火败得厉害，搭帮你吃几坨狗肉，补补火。

扁金就奇怪了。天气已经够热了，牛现何事还缺火啊，毫没道理。扁金说，牛现你拿我寻开心不是？这样的天气，你怎么能缺火呢？一口狗肉一口酒，会吃得你流鼻血。

……我也不瞒你。牛现折了两根柴棒作筷子，径自撺起肉来，说，按说现在应该吃性凉的东西败火，但哥哥我身上的火气，都让女人给吸光了。这几天，我的脚跟子抽了几回筋。我就晓得，要补补火气了……

扁金哦的一声，然后才想起来，牛现这人也跟自个一样，还没娶媳妇的。他就说，牛现，你到哪里找的女人？你莫不是去找麻婶娘了？

牛现被狗肉汁呛了一口，他说，我还以为你不晓得，原来你也晓得这回事。天，我还以为你不晓得。寨上的男人，我左右看去觉着数你最老实、最牢靠，却原来你也想着这些个花花事情。牛现奇怪地笑了，抿一口酒，把酒壶推给扁金。扁金也能喝酒。

扁金吃狗肉的时候不说话，这样，肉香能往上走，跑到扁金的脑子里去，也好久久地回味。但牛现闲不住，他嘴里挂着酒味，鼻孔里塞着肉香，脑子里却仍然跑着麻婶娘白晃晃的身子。他一个劲说起跟麻婶娘做下的那些事，脸上只有酒劲醺出来的酡色，没有半点羞色。他觉着，那事既然做了，既然把自己快活了，就没什么不可告人的。

扁金嗯嗯啊啊地应着，也想到麻婶娘这个女人。他记得麻婶娘和自个一样，独自一个人过活。麻婶娘的男人好多年前就出去了，说是想赚点洋钿回来，总比土里刨食要划得来。结果那以后就没回来，有人说是他入伙干了土匪，有人说中瘴疠死在辰州，又有人猜测，八成在外面另外找了女人过生活……在山里过活，再苦再累也不能把日子盘活，把家底盘厚。云寨寨子里面，好些个男女跑出去，再没了音讯。麻婶娘是从很远地方的寨子嫁过来的，既然男人没了下落，她似乎也可以离开寨子，去好一点的地方落脚。但麻婶娘是个落地生根的命，没有再离开。于是，就开起了堂会……

你说，麻婶娘长得怎么样？牛现这么问扁金。扁金端着酒壶，就说，长得跟酒壶一个样，宽宽的，扁扁的。

是呵是呵，但要比酒壶多个出气孔，所以就大不一样了。牛现一脸坏笑，又问，我是说，她长得怎么样？

扁金想了想，说，长得，还过得去。

没想到，你还蛮挑剔。

两个人继续喝。米酒喝下去是淡淡的，得等上一阵，后劲才直冲脑门上去。牛现自顾着说，扁金的心思却活泛了，麻婶娘的样貌，伴着狗肉和酒的气味，渐渐清晰起来。

他也是这一年才知道什么叫开堂会。在城镇里，开堂会是宗族聚事，晚上免不了要请几出乡戏。但在远近的诸多山寨里头，开堂会是另一个意思。山寨里的堂会没有戏唱，一切都是暗中进行，所有人都对此心照不宣。寨里但凡有寡妇，开开堂会，上了年纪的人是不能说的。毕竟，云窠寨子太穷，嫁出去的女人多，接进来的媳妇少，很多男人注定是要打光棍的。于是，寡妇半夜留了房门，让找不上媳妇的男人进来，过一夜，黑灯瞎火闹一阵，甚至不要问是谁。男人临走留些东西在寡妇的门背后，多少随意。但寨里的男人去摸寡妇的门，都尽量多带了东西。虽说黑着灯，但一个寨太小，哪晚上是谁来，留下值多少钱的东西，寡妇心底一清二楚。这回留得太抠门了，下回再去，寡妇就会甩出冷脸，侧开身子，让男人着急上火。

扁金一直在想，麻婶娘就是这样的人么？他看不出来。麻婶娘像男人一样的身板，宽大板实。扁金时常在寨子里，在田间地头看见那女人，她都在忙着活计，流着汗水。他着实想不到，一到晚上，她又是另外一个人。想到这些，扁金心子有些隐痛，忽然又自嘲地笑起来，不晓得这些不着边际的心思都是打哪里来的。

上一年，他还不知道有开堂会这回事，也不知道男人女人晚上怎么个闹法。那次，豹子来过寨子后，他捡得的狗尸四腿俱全，一时高兴，就卸了一只后腿，趁天黑偷偷扔到麻婶娘的屋门口。他觉得一个女人过活，怪不容易，定然有好长时间没沾荤腥了。

第二日，也是天黑下后，麻婶娘把那只狗腿送回来了。

她说，扁金，着实没想到，你这么年纪轻轻的，也有了那些胡乱的想法。扁金有些蒙，答不上话。麻婶娘说，哎，看你这日子过得，媳妇也是想不着了。也别太当回事，今晚来吧。一个男人，有贼心呐就更要有贼胆，畏畏葸葸那叫投错了胎生错了把。今晚上来吧，我有空闲的，心情也蛮不错。扁金更蒙了，他问，麻婶娘，我今晚去你那里干什么？麻婶娘这才瞧出来，扁金这孩子真还不晓得那些事。她叹了口气，说，以后不要给我送狗肉，我忌这一口。你本来好心，别人不晓得，要是撞见了，还会在背后说三道四。

那次，麻婶娘走了以后，扁金脑袋里装了一堆想不明白的事。本来想去问人家，突然有了提防，在别人面前硬是开不了口。慢慢地，他能从寨里人闲言碎语和窃窃私笑里头，听出来一些门道——体会别人的言外之意，串起来弄明白一件事，对扁金而言，要比寻找豹子留下的踪迹难许多。扁金捱了几个月，才逐渐开了窍。倒不是他脑子不够转数，而是，有些隐约的事物藏在脑子里，想得越多，就越不得要领。随着年岁增大，他越来越觉得，人的事，比豹子的事复杂得多。之后，想明白了，他临睡前就会想到麻婶娘的宽臀大乳，心里烦乱。

好几个夜晚，扁金走出茅棚，看见月光很暗，把路映照得不那么真切，但可以看出来，路直直地铺向麻婶娘那栋垒石为基、三合土砌墙的矮屋。他鬼使神差地走去，但路走得一半，他的心思变得比路面上铺的月光更暗淡，只好折返回来。

牛现说起这些,他就羡慕牛现毫无顾忌的态度。换了他,他憋死也不会说出来。牛现在扁金的茅棚里吃了肉喝了酒,说一大堆话过足了嘴瘾,站起来还放一溜屁,这才心满意足地离开。扁金还原地坐着。他有些愤恨牛现把事说得这么通透。这之前,他对麻婶娘开堂会的事还存在知之不详的地方,但经牛现一说,一点疑惑也没有了。他甚至在牛现叙述的同时,脑子活生生地冒出当时那景象。扁金的喉咙涩了起来,几口米酒灌下去也没有润开。他两眼发乌,忘了狗肉的滋味。他强烈地认识到,世上还有比吃狗肉更美妙的事。

当晚,月光依旧晦涩。扁金睡得不好。他心子仿佛长出八只脚,一遍遍地往外面跑,而自个,始终躺在稻草铺上,背脊上沁出好大一摊热汗。

自后扁金也没趁了天黑去到麻婶娘屋里。按说一个寨子,其他的后生,家里都有老辈的看管着。扁金要去,无人拦阻,最是方便,但他到底把自个管住了。牛现说话的当夜,扁金体内有来自酒和狗肉的两股热火攻心,都强自憋住了不去。过了那夜,扁金的这份心思淡了许多。但入睡前,还是会有疑问:今晚上,谁去了麻婶娘屋里?麻婶娘做了这样的事,心里是怎么滋味?于是,扁金仍免不了有些难过。

入了秋,能骗住肚皮的树皮草根越来越难找到了。内腊山底下的溪涧早已干涸。这些天,扁金能做的事就是翻开溪涧里的石块,捡拾附在石头上的虾皮蟹壳,还有绿藻,以前,这些绿藻呈絮状浮在水里,现在,都已经干成疤痂状,一块一块。可以预料,这个冬天要死好多人。扁金还想活下去。活的时候也不觉得有什么好处,一年也只有吃狗肉的几天说得上快活。一旦感到死在迫近,活着的滋味忽然丰盈起来,忽然才发觉,饥也好饱也罢,包括痛楚烦闷,原来都值得留恋的。

有些人户开始杀狗。寨子里,白天也时常传来狗的惨叫声。按说,白露过后,肉用重盐腌着才不易腐坏,可以保存到冬春时分。但心急的人已经痛下杀手。听到狗的惨叫,老人仍会蹒跚着脚步去到杀狗的人户,说这么急干什么,让狗多活一天是一天。人呐,积点德。杀狗的人嘴一歪,说,好歹也是几十斤精巴巴的肉呵。手脚稍微慢点,说不定又留给扁金了。

他们都不说留给豹子,而是说留给扁金。扁金这才晓得,几年下来,寨子里的人积存着对他不满的心思哩。

快挳到冬天了,麻婶娘家里早揭不开锅,但她还是舍不得杀自家的狗。麻婶娘家里养着一条纯黑的大狗,腿长,精瘦膘实,眼里冒着蓝光,样貌挺唬人。有人还当麻婶娘一个女人,不敢杀狗,找上门来愿意代劳,只求分些狗下水回去炖汤。但麻婶娘一应谢绝了,嘴上说,怎么能吃狗呢?即使炖了,也咽不下去啊。再说我只这么一条狗伴着,晚上摸进来的那些死人,哪能狗这么好的良心呐。

麻婶娘管那条纯黑大狗叫鬼共农腊,意思是一口能吞掉月亮，是个雄浑的名字。狗刚被抱进屋，还很小，麻婶娘就成日这么叫来着，日后，狗果然越长越雄实，在寨里头，算得上狗王。别的公狗一见着鬼共农腊，就把尾巴夹住了，吠出哀声，隔老远就闪一边去。鬼共农腊在寨里要干哪只小母狗，别的公狗也只能远远看着。

另外，鬼共农腊特别通人性。狗是从神汉聚毛家里抱过来的。聚毛跟麻婶娘说，这狗被我调教过了，通人性，有别的狗都不具备的本事。你一个女人家独自过生活，日后用得着。当时麻婶娘理会错了意思，不领情，还把聚毛骂了一通。聚毛好脾气，说我晓得你是好女人，我当然不是你想的那个意思。这就轮到麻婶娘双颊绯红了。

鬼共农腊被喂养的头一年，一直不长个。翻过年，突然脱胎换骨般地长大了，长成一只挺神气的黑狗。麻婶娘这才晓得聚毛是好心的，原来鬼共农腊会认人。云窠寨子不过四五十笔炊烟，两百来号人，鬼共农腊用一年的时间全都记下了。晚上，鬼共农腊把在麻婶娘的屋前，要是没结婚的后生崽进去，它就趴着不动，也不吠。要是娶了媳妇的男人摸进来，鬼共农腊就会腾地跳出狗窠，一顿狂吠。要是来人还不知趣，鬼共农腊就会跳起来老高，往男人身上扑。

所以，寨上结了婚的男人都不肯叫狗的名字，而是叫它列格达寄，意思就是长眼睛的王八。

麻婶娘就在这只大黑狗的看护下开起堂会，日子比一般的人户过得还好一点。别人家的狗陆陆续续都杀掉了，但麻婶娘舍不得杀鬼共农腊。扁金从麻婶娘家门前走过去，鬼共农腊就腾地从矮围墙里头跳出来，朝扁金摇尾巴。别的孤男鳏夫来赴堂会，鬼共农腊不吠，但也懒得理睬，快快地躺在地上任人进去。半夜，屋里头冒出扯皮的声音，吵架的声音，鬼共农腊就晓得主人遭遇麻烦事，就伸出前爪去扒门板，并一顿乱吠。里面的男人就不吱声了，静下来。鬼共农腊退到一边去，照样冷眼看着男人在暗中离开。

鬼共农腊一闻见扁金的气味，就会跃起来，摇尾乞怜。扁金也奇怪，不晓得这狗何事对自己这般殷勤，那尾巴大幅度甩开，把整个屁股也带动起来。起初扁金也蛮喜欢鬼共农腊，它黑得纯然一色，锅底灰都黑不出这种成色，再者，个头巨大，肚皮也略微地往下面耷拉，远远看去有几分豹子的模样。但有一次，扁金正吃着狗肉，看那黑狗经过自家茅棚前，就随意扔了根后腿骨给它吃。本来，扁金当鬼共农腊对这根骨头睬都不睬——稍微上得台面的狗，都不会啃同类的骨头，没想到它竟然一口叼了走，寻个僻静的地方，嘎嘣嘎嘣啃起来。那个馋样，让扁金顿生出厌恶来。从那以后，扁金知道鬼共农腊并不是只好狗。每当鬼共农腊拦在路中央摇尾讨好，扁金就厉声呵斥它，要它闪开让路。鬼共农腊却显得没心没肺，摇得更欢，于是扁金就拾起石块砸它。鬼共农腊那么大只狗，挨了一下就显出颓势，低吠起来，满眼都是恐惧和无奈。

扁金心里还在骂，去，没成色的。

但寨里别的男人不敢用石头砸鬼共农腊，一砸，就把它的狗性、甚至狼性砸出来了，口唇上的赘肉一紧，钢牙一亮，便扑腾过去。那样子，像是能要了人命。

麻婶娘有次看见了扁金砸她家的狗，正担心扁金会吃亏，遭鬼共农腊撕咬，却没想到，鬼共农腊把大尾巴卷成个内弧，藏在肚皮底下跑开了。麻婶娘放下心来，走过去问扁金，扁金，何事要打我家的狗？

扁金没有作声。寨上有打狗欺主的说法，扁金理亏了，只好任麻婶娘说上几句，再走人。麻婶娘其实不恼，凑得更近些，问扁金，是不是晚上它不让你进来？这就奇怪了，我家那狗是聚毛施过功法，精心调教出来的，一寨人它都认得清楚。

说话那时，扁金还不晓得麻婶娘干着夜里的营生，一头雾水。翻过年头，他才知道，那一回麻婶娘神情诡谲说出的话，是什么意思。想明白的那一刹那，扁金的脸一下子滚烫了，仿佛麻婶娘的声音仍飘在耳际。

3
唱神之夜

那年入秋，刚下了一顿细麻麻的雨，山脚就崩塌了一片，压倒一户人家的房屋。幸好这事白日里出的，屋里没人。等到户主回来，看见埋在泥土下的房屋，只是淡淡地说，幸好；狗先杀了。

他的意思是，要是不杀，狗被深埋在泥土下面，砸成肉泥，挖出来都吃不着了。

云窠寨的老人晓得这事，也到塌山的地方看了一圈，在苦楝树下蹲作一堆有模有样地做起了商议。这事着实蹊跷，雨都刚落下来，地皮还润不透，何事就塌山了？几个老人几捋胡须，捋来捋去，都说没见过这样的景象。于是，老人就猜，是不是梅山神戒灵怒了？这年的山，山上的草树藤蔓，被寨里人拨了砍了，弄得光秃秃的，好似脱下戒灵的一件衣服。戒灵作为一个神，光着身子也不体面哩，会被他（她）的那一帮神仙朋友耻笑，于是就小施惩戒，有了塌山这样的怪事。

老人们越说越觉得是这回事。

看看那天的云相，暗灰的云往天穹中间堆积挤压，仿佛一张愁苦的脸，老人们又商议，是不是请聚毛也来云窠寨唱几堂。戒灵是喜欢听歌的神。聚毛有些歌子人听不懂，是唱给神的。起先山民也怀疑，问聚毛，聚毛，你是不是蒙人呐？你神神叨叨的，谁都听不懂，难道山上的神就听得懂？

——做人要讲良心，我又不是晃江山吹牛皮，凭的是真本事。聚毛不紧不慢地跟那些心里疑惑的人说，学这一套是要钱的。以前我老子给我一把钱叫我去学，往西边走，先是去了梵净山，再次去了峨眉山，又次去了昆仑山，死皮赖脸跟了几个大师傅。你以为容易？

戒灵给了山民怎么样的庇护？聚毛的歌里有得唱：

风高偏向天上吹，雨疾专拣旱田倾。

仰仗谁人？梅山神戒灵。

鱼游河中碰扳罾，鸟过草山撞网绳。

仰仗谁人？梅山神戒灵。

打牲不着畜牲咬，捡菌不中伞菌毒。

仰仗谁人？梅山神戒灵。

……

聚毛嘴上吃饭，他夸神就把神往死里夸，把山民们遭遇的好年景和顺心事，都说成是戒灵神在托庇。所以山民都尊敬这个大神，腊月不知去祭灶拜祝融，不怕灶神月晦之夜上天说坏话。年夜，山民吃饭会捏几个大粑粑摆供桌上，请戒灵享用。

戒灵是什么样子，聚毛却说得模糊：

戒灵欢喜花豹的尾巴，

戒灵自个就长条尾巴。

戒灵是长尾巴的神哩。

戒灵欢喜鸱鹗的羽翅，

戒灵自个就长对羽翅。

戒灵是会飞翔的神哩。

戒灵欢喜老人的烟斗，

戒灵也就抽起了烟斗。

于是戒灵晚上也咳嗽。

……

这样一个有趣的神，喜欢模仿人和兽物的种种行径，对于吃和喝却从不挑剔。聚毛的歌里唱着：

葛粉捏成粑粑送上去。
戒灵做了一天的好事，
但吃着糙食。
马桑冲成茶水递过去。
戒灵做了一地的善举，
但喝的茶苦。
……

一遇到聚毛唱神，扁金就会去听。聚毛唱神的晚上扁金感到像个节日，他听着聚毛的声音，会微微地恍惚起来，忘了身边成堆的乡邻，心思去到以往的时日，或者很遥远的地方。这天听说寨里人又把聚毛请来了，老早就从山上下来，等着去听。

牛现看着扁金一脸的虔诚，就把他拍醒，问他信不信有戒灵这回事。扁金当然信，还杵了牛现一眼，觉得牛现就不该有这一问。但牛现不在乎，他说他不信。他说年头大家都请戒灵吃了最好的饭菜，今年却照样旱年。

扁金不作声了。牛现问，你信，你请戒灵吃年夜饭了吗？

扁金说，当然，我请了。我请戒灵吃狗肉。牛现也想起来了，年夜前几天，扁金到兮颂寨捡狗去了。他隔老远听到兮颂寨有豹子的叫声，就攒了心劲，天麻麻亮着就爬起来往那边去。真还找得两腿狗肉，还搭帮碰上一只野猫拖着斑鸠，撵上去，捡现成的。

牛现又说话了。他呵呵笑着，张开手罩着扁金的耳廓，轻声说，莫非是戒灵吃了你的狗肉，上了瘾，就弄出个旱年，让大家杀狗吃，戒灵也好讨些剩肉？

扁金没有作声，心里想有这样的事吗？但聚毛歌里也唱着，戒灵长着花豹的尾巴，或许，戒灵也长着花豹的胃口。

这个问题，扁金想得毫无头绪，牛现又插进来说，麻婶娘也是这么看的。这个女人，除了会开堂会，对事事物物也有自己的看法。她最不相信有戒灵神。她说，戒灵若果真在山上庇护着寨里的人，那她男人怎么会跑得不见踪影呢？

说到麻婶娘，扁金心底又是一阵烦乱。他也不晓得何事会这样，这情形有好一阵了。于是问，最近你又去了麻婶娘那里了？

哪有那劲头？好久吃不上饭了，哪省得下粮食去会她？去了，说不定也是去吃人的。牛现的眼光落在聚毛身上，侧着脸跟扁金说，再说，现在列格达寄也怪，饿昏了不认人，见谁都乱吠，不让人进到麻婶娘屋里去。

鬼共农腊？我一直就看它不是好狗。扁金想起那黑畜牲啃狗骨头的狠样子，吐了口唾沫。

牛现说，列格达寄，现在寨上人都叫它列格达寄，长眼睛的王八。嗤，现在已经是不长眼睛的王八了，过一阵没了吃食，说不定会咬人。

扁金重新投入聚毛唱歌的声音当中。聚毛面朝东边的内腊山，在吁求内公腊婆好好歇几天；在吁求兮颂即使过了季，仍然多给些雨水，让河水返了时光地丰盈起来，自上游带来草鱼和虾蟹；还问戒灵，山民有什么地方开罪了，竟然降下塌山压倒房屋这样严重的惩戒……

风声起来了，所有人都张着耳朵听。

牛现又来打岔了。他告诉扁金，麻婶娘现在惨了。寨里人都瘪着肚皮，没人拿得出劲头去赴堂会。麻婶娘该自个刨食了，偏巧，肚皮不合时宜地鼓了起来……

你是说，她肚皮里驮着娃娃了？扁金惊诧地叫起来，牛现就捂住他嘴，点了点头，依旧压低声音说，隔着衣都显现出来。肚皮里的东西，现在只长得蛤蟆这么大，过不了多久，就得有三个拳头大，一只狗獾这么大，不能再出去做功夫。

这事足以让扁金奇怪地咧开嘴，半天也合不拢。他虽然年轻，阅事不多，但也知道非常反常。早几年，麻婶娘和她男人一块过日子，肚皮里老是驮不住娃娃。她男人的离开，跟这事也不无关系。麻婶娘当自个再生不了孩子，这才死心塌地地开起堂会，不想再醮。没想到，这大灾之年，她肚皮里面却长了东西。

往下，扁金老也听不进聚毛唱的歌子。他老想着麻婶娘肚皮胀鼓的样子，像准备打架的蛤蟆。他心底一片瞀乱。往天上看去，今晚月光隐去，星子稀稀拉拉，怪不得每一阵风声都走得很长很远，绕着人的耳朵久久不散。聚毛说这是众神在给他回话。他很快就会把听到的事告诉大家。

很晚，聚毛才把唱神的诸多事体做完。寨里人打着火把回各自家中。狗又叫了起来。经过前一阵的杀戮,寨里已经剩不下十只狗了——有的人户已经思忖着杀牛了,何况是狗。狗的声音也稀稀拉拉,星子就成了狗叫声的音符,遥遥对应着。

这晚上,又有豹子摸进来了。狗吠突然一下顿住,寨里人听见豹子的低嚎,特别遒劲。耳朵灵的人听出来了,这不是前些日子来过的豹子,声音格外透着气势,就猜想定然是只身长体阔,长满了硬膘的公豹。按说人是不敢出去的,但这年景不好,寨里的后生好久没吃肉,反而不再惧怕豹子。听见豹子的低嚎伴着风声飘来,便聚作一团,手持刀械火枪在寨子里到处巡游。在他们看来,豹子是一堆精巴瘦的好肉。

麻婶娘不去听聚毛杠仙唱神。她要去,也没有谁阻梗,但她觉着有些人的眼神古古怪怪落在自个身上。唱神这样庄重的场合,寨里的人都暗自期望她不要去。她也就应了他们的期望。在云寞寨一住多少年了,她蛮适应这里的风水和这里的人。这一天她觉着腹内阵阵绞痛,又不好唤邻近那几家的女人问问怎么回事。麻婶娘年纪不小了,肚里驮娃娃却是头一回。头一回的事,总会让人紧张,让人伤神。

于是她把鬼共农腊唤进屋内,让它伏在自个脚边。感到绞痛,她一只手能抓捞着活物,即便是只狗,心里也稍稍安定些。等肚皮不疼的时候,豹子的声音就响起了。鬼共农腊的反应极大,绕着屋子来回转圈,扭弯了脖子凶神恶煞地朝着自个尾巴狂吠，咬了几口，竟然咬脱了尾尖上的那撮毛。

鬼共农腊！麻婶娘唤着狗的名字，招招手要它拢过来。狗喜欢人顺着捋毛，多捋上几回，鬼共农腊才安定了些，原地盘旋几下，伏在地上。狗没了精神，脑袋就伏得特别低，像是脖颈断了样，整个下巴颏牢实地贴在地面。麻婶娘这夜也不顾寨里一贯的规矩，心里想着，既然豹子来了，把鬼共农腊留在屋子里，毕竟还是踏实些。

寨里的后生有几管火枪，还有一支汉阳枪。年前山脚有个病匪过路，受了刀创染上丹毒，倒在溪边。几个后生围住他，把他的汉阳枪夺了过来，把人绑了石块扔进水潭。现在，想拿这枪去打豹子，再剽悍的豹子，也挨受不了子弹。火枪就不一样，前面装满了细铁砂，打鹌鹑还凑合。这夜，一众小伙子打着火把把寨子绕了数圈，只听得风声一阵阵紧起来，豹子的嚎叫却再也没有了。后生性子急，几炷香的工夫就灰心下来，猜测着这豹子是不是去往别的寨了？又商议着，豹子这回不得手，搞不好明晚还会来，到时候得找只狗缚在一莞树上，下个饵，这样打起豹子也好有些准头。

火把上的枞膏燃尽，一众后生只好一路打着吆喝，铩羽而归。

那豹子其实并未走开，在草堆里伏着。豹子有它的灵性，远甚于狗。人和狗接触得多了，满以为狗是非常聪明灵性的畜物。其实放在豹子眼里，狗只是一堆死肉，附着人而生，离了人的荫庇去往深山老林，就没几日活头了。那豹子循着一种感觉找到麻婶娘的屋外。三合土的墙面已经斑斑驳驳，露出墙中间的一道竹篾。年月久了，竹篾也严重朽坏，豹子探出爪，四处叩叩，很快就叩出来哪一块墙皮最为薄弱。

尔后，豹子倒退去丈余远，蓄好势能往前一蹿，双爪作死地一扑，就把墙体扑出个窟窿眼。里面漏出桐油灯的微光，随着墙块倒塌钻进来的风，光和影在屋子四壁摇曳，屋里一切什物都恍恍惚惚。

豹子小心地把头探进去。它闻到了狗的气味，进去一看，果然，偌大一只黑狗颓丧地伏在地面，浑身像一块没硝好的板皮一样垂塌。在大狗子的旁边，还有一个妇人。女人惊得从椅子上栽倒，发出一声尖叫。尖叫过后，却又没了声音，想必已经昏厥过去。

豹子也不急，伸了伸懒腰。它两只后腿站定，前爪蹭了几蹭地上的土，显出很惬意的样子。它晓得，狗虽然也长着凶煞的模样，个头比自个还要大，但已经吓破了胆。这时分，越是沉静，狗就越是慌乱。豹子闲庭信步地踱过去。狗低吠了两声，眼仁子的光已经聚不齐了，四散开来，随着墙上的影子飘摇不定。

鬼共农腊看着眼前有一只比野猫大不了多少的家伙正朝自个靠近，按说不应惧怕的。鬼共农腊是寨子里的狗王，打狗架也打了若干回合，从未败过阵。但眼前这东西个头不大，却散发着一股自个从未闻过的杀气。鬼共农腊奇怪地发觉，自个四条腿都绵软了，软得像身后那根秃了毛的尾巴。鬼共农腊心想没必要腿软啊，也许和这家伙有得一拼，但腿仍然抬不起力气，接下来，眼也泛起金花。鬼共农腊突然看见，这家伙身后还跟着一只庞然大物，那家伙每逼近自个一步，那庞然大物就暴长一尺。鬼共农腊已经不能清晰地分辨出豹子和豹子身后拖长的影子。鬼共农腊挣扎着站起来，刚想用尽力气狂吠，那家伙已经箭一样蹿到身前，一口就咬住它的脖颈，让那顿狂吠都堵死在喉管里。

麻婶娘尖叫的声音，半个寨子的人都听见了。大伙都没睡。不久前豹子的低嚎撵走了人们的睡意，一时半会儿睡不落觉。这会听见麻婶娘的叫喊，反而稍稍缓解了心里的紧张情绪，得来一丝趣味。听见尖叫的人都在想，嘀，现在都吃不上饱饭了，哪家的后生还有力气跑到麻婶娘那里开堂会？

扁金也听见了麻婶娘的尖叫。那一刹那，他脑袋里又浮现了牛现浮在麻婶娘肚皮上的景象，有些难过，但也晓得纵是再难过也与己无关。但接着，他就闻到一股浓烈的气息，是豹子身上特有的膻味。扁金头皮发紧，再也按捺不住，摸起砍柴用的勾勾刀，出门寻着路疾走而去。靠得越近，豹子的味道就越重，扁金心底愈发清晰了，豹子是在前头不远的地方。接着他又闻到狗血的腥味，他想到鬼共农腊，知道它凶多吉少。

走进屋子，地面上满是豹爪抓捞过的痕迹。墙面上有个窟窿，不大。麻婶娘躺倒在地上，嘴里发出谵妄的声音，人还没清醒。鬼共农腊却不见了，地面上有一摊暗淡的狗血，不注意还看不出来。扁金不晓得怎么办，跑出屋子朝山腰大声叫着，圈柴，圈柴佬佬，麻婶娘出事了……

圈柴是云窠寨的草药师，家住得高，在山腰上。扁金的喊话声飘不到那去。于是，寨里醒来的人就帮着传声音，把声音一阶一阶送到山腰上去。待一会儿，圈柴的房间就有了火光。寨里别的人也晓得麻婶娘出事了，睡不安稳，持一支火把往这边来。

等人们都来了，圈柴也背着药包进屋了，麻婶娘自个慢悠悠醒转过来。看看寨里人一张张旧脸，她才相信自个没被豹子吃掉。圈柴把麻婶娘的身体翻找了一遍，没有伤口。再探探脉象，肚里的娃娃也安稳着。然后，圈柴在麻婶娘的后背上掐了几把，麻婶娘这才镇定下来，能把话说顺当。

……一开始我还当是只野猫，脑袋蛮小的，只三个拳头大。但它身子从窟窿里扯进来了，才看得出是头豹子。麻婶娘呷了一口冷水，又说，豹子比我的鬼共农腊小许多，鬼共农腊应该咬得过它。但不晓得何事，鬼共农腊怕它怕得不行……

麻婶娘又说，真是蹊跷，比鬼共农腊身量还小两圈的一头豹子，何事能把我家鬼共农腊拖走呢？

寨里人听着也稀奇，都说鬼共农腊在寨里还是狗王哩，何事就这么见不得场面？都说狗肉上不得正席，看样子，狗真是见不得正式场合，家霸王，窝里横。

扁金看着麻婶娘没事，也就放心了。想想鬼共农腊，觉得真是活该。他心里已经算计着天亮了以后要干的事。鬼共农腊偌大的一堆肉，豹子肯定是吃不完的，应该遗落在寨子附近的哪条山谷。

4
豹子的领域

扁金本想去借那支从土匪手里抢来的汉阳枪，但人家不借。扁金只好去牛现那里借。牛现的哥哥牛秧有支火枪，还有特制的大颗粒铁砂。牛秧本来也打算次日一早拿着枪去找狗的。他没有扁金那本事，但他蛮相信自个的运气。牛现还是劝牛秧把枪借给扁金。以往他也去找过豹子遗下的狗肉，找了几回，知道那并不容易。牛秧心里算计一番，跟扁金打商量说，找到列格达寄了，你要分我一碗肉才行。扁金自然答应。他想，这用不着你说的。

扁金以前从没用过火枪，牛秧还得教他。火药装在一只牛角里，牛秧从填火药教起，然后是装铁砂，最后，还得用铁钎把一团揉好的老棉纸塞在枪管里，卡紧铁砂。

扁金看得摸不着头脑。牛秧示范到这一步，扁金开口问，打枪的时候，我怎么把老棉纸取出来？

牛秧就笑了，牛现也笑了。兄弟俩相互觑了一眼，很是奇怪。这个扁金脑袋里比常人还缺一根筋，偏偏就有特异的本事，这真是毫无道理。

扁金是那号看似傻头傻脑，遇事却有章有法的人。第二天早起，他晓得寨里有人会尾随在他后面，捡现成的。山民没有路不拾遗的迂气，而是用见财有份的规矩取代。扁金找着狗肉，若是别的人在场，就得平分，有几个人均分为几份，没有价钱好讲。扁金在寨子兜了几圈，把后面的人都转蒙了，突然寻了一条路闪出寨子。尾随的后生找不见扁金的去向，只得暗骂这豹崽子，鬼得很，腿脚真他娘的快。

但这一早，扁金显然找得不顺。他估摸着那豹子没把鬼共农腊的尸身拖多远，走了半晌，出寨有二十几里了，过了内腊山，又过了更远的云堆山，仍然没见着遗落的狗肉。扁金想着偌大的鬼共农腊，一只腿就足够吃上三四顿，委实不甘心。再往前，进入一道山脉的腹地，越走草树越深，是少有人来的地方。扁金以前没来过。

翻过一道矮梁，现出一片棕红色的石林，石头参差零乱，中间岩窠岩洞密密麻麻地隐藏着。岩石中间有小片小片的空地，长着一丛丛狗尾草、黄茅草。一看就晓得，这是兽物出没隐身的上好场所。

扁金仍寻得见豹子遗留下的踪迹。狗血早已在体内干涸，但当狗尸擦过草树，仍会留下一星半点的暗斑。循着这些不易察觉的痕迹，扁金又穿过这片石林，看见前面百十亩大小的一块空地，黄茅草长得茂盛，因今年雨水不足，只有半人多高，而且天气未冷就已悉数焦枯。扁金眼里是一片寂寥瘆人的景象。他把那支火枪端好，便往草窠当中走去。草窠里没路，扁金时常得用枪管拨开横在前面的刺藤。耳里铺满虫豸聒噪的声响。

前面那一窠草有被豹子卧过的痕迹，拨一拨，豹毛就飞了起来。接着，扁金闻到浓烈的狗血腥味。狗肉摊开着，剩着两条瘦长的后腿，连带一块肚皮。肚皮被撕开直到尻子，里面的下水被掏过了，稀烂的。摊开的狗肉挂在一丛火棘树上。火棘子要么没长出来，要么被人捋光了。大旱之年，犄角旮旯的地方都有人来过。

扁金把狗后腿提起来，蛮重的，少说也二十多斤。于是，扁金满心欢喜，想这大半日的寻找，总算没白费。他把两腿狗肉翻过来，肚皮朝上，如同下江佬挂褡裢一样挂在了肩头。死狗鬼共农腊的腿杆细处，摸着都有人的手腕那么粗，扁金一捏，正好捏得有一握。

他刚要走出草窠进入石林，满脑子正努力记忆着狗肉的芳香，这时，后面就有一股风声，仔细一听，正是豹子的嚎叫。扁金端着枪就转过身子，四处睨去。还是刚才那片草窠，虫豸的鸣叫却突然哑了。等不多久，看见一只兽物脑袋从几蔸升麻中间探出来，知道是豹子，但它身子没现出来，那脑袋状如一只胖猫，显出憨相，并不让人过于惊惧。它眼的内角往下挂着两线黑条纹，绕着嘴角一直扯到下巴，透露着暴戾嗜血的秉性，这才和猫区别开来。

豹头一矮，身子一纵，蹿出了升麻丛。豹身和豹头明显不合比例，而豹尾，又和豹身不成比例，尤其粗长，尾端蓬松,犹如老人做烟斗用的老竹根。豹子见眼前是只两脚兽,身上挎着自个没吃尽的狗肉,手里还操着一根粗长的家伙,不敢造次,也不敢放松了心情去打个呵欠,伸个懒腰。豹把浑身的毛都耸了起来,臀部翘起前肢猫低,做出随时都会扑腾的样子。扁金站着不动。他晓得现在动不了。

豹子把样子摆了好一阵,见眼前这只两脚兽并不惧怕自个,便把前身探高,两肋耸起来,张口便嚎了一声。它还待再嚎一声,扁金手一哆嗦,把扳机扣着了。豹子听见一个声音,比自个的嚎声要高出许多,挟带一股怪味。再一看,颞侧一撮茸毛已经焦糊了。豹子缩着头便往后跑,跑不多远,又扭回来,盯着那只两脚兽。

两脚兽手里拿的那根细长的家伙,前端还在冒烟。于是豹子猜测,那家伙招惹不得。但又不忍离去,慢慢地,又拢了过来。

扁金头回正面遭遇一头豹子。以前,找狗也仅在云窠寨周围,地势熟悉,纵是远远看得见豹子,也早早闪避开了。这一遭,他只顾着找狗,离得太远。这一带,是豹子的地盘,它更熟悉地形地势。豹子早早地在周围一带撒下尿迹,示意别的兽类非请勿入,放明白点。但扁金这日找了进来。

心子紧了一阵,扁金慢慢又放松了。他盯着现在退守在十丈开外的那只豹子,不敢分神去给枪管填火药。他晓得,豹子也并不知道他手里只剩下一管空枪。他对填火药上铁砂之类的事并不熟悉，等把枪再次装好，那豹子可能已经把他肚皮豁开了。

形成僵持的局面后，扁金心思活泛了，一耸肩把狗后腿抛在地上。他想起了以前的一件事。人怕山上的兽物，兽物更怕两条腿的人。不凑巧撞见了，得使些攻心之术。若是胆小，生出怯意，整个人一稀软，一旦对方瞧出来，命就保不了。那一回，扁金去离寨子很远的河滩侍弄庄稼扯稗子，一不注意误了时辰，天黑下了，才想到得回自个那间四季漏风的茅棚。走到一处山沟，伸手已经看不见五指了。仰起头，天际和山廓已互相融入，彼此不分。扁金凭着记忆往云窠寨的方向去，走着走着，迎面有个活物渐渐拢近。听那响动，仿佛也在赶夜路，走得很疾。扁金起初还当是别个寨的人，打个招呼，没见应声，那活物突然蹿得更快了，和扁金撞在一起，一同滚进旁边的草窠。

扁金这才认定活物不是人，却辨不出是别的哪样，不知它是否会伤到。扁金吓得不行，手上却没闲下来，干脆一把把那活物搂住，用头抵住那活物的下颚，用力抵死。双方都叫不出声音，一直如同情侣般深情地抱紧。扁金摸在那活物身体上，触感也格外蹊跷。那活物身上披着的，又似绒毛又像鳞甲。过得个把时辰，扁金能感觉那活物浑身松懈了，自个便也稍稍松下来。双方都放开来，不作声，自顾走自个的路……

此时，扁金脑里再次捣腾出这往事，心里也稍有放松。看那个头不大的豹子，还在那地方试探，不敢拢过来。扁金干脆做出架势,往前冲了几步,那豹子果然掉头又蹿了几步。但扁金停下,豹子扭了头又紧过来,比方才的间距还缩近了些。扁金晓得这东西比狗有胆量,这办法使不得,只好原地不动。天上飞过一只岩鹰,扁金和豹子的眼光只往天上闪了一瞬,又落到原处。扁金闻见自个浑身的汗味,汗水正涔涔地往下流淌。

扁金忽然想到,今天会死在这个地方。他又想,死在这里,寨里人都不晓得,尸身也留不住。他心底泛出一种冰凉蚀骨的滋味。他想挪一挪步子,竟然挪不开,浑身被一股古怪的力道攥住,木楔一样楔在原地。他听见心子跳动的声音潮水般地涌起。

又过得一阵,扁金听见在左侧另一只豹子的叫声。那是一种类似"喔喔"的低鸣,不是向敌手示威,而是在呼朋引伴。扁金被这声音唤醒一样,竟然能动弹了。他偏过头去看看,在不远的一处岩崖上,多了一只身形巨大的豹子。他无端猜想,那应是一头母豹。母豹往这里瞥了一眼,只一眼,就收回去了,脸廓是傲然的神情。母豹蹲坐在崖头看向很辽远的地方,似乎并不介意扁金这两脚兽突兀地冒出来,闯入它的领域。

与扁金僵持着的那头豹子似乎不愿意就此罢休。岩崖上的母豹的鸣声却越来越疾,有了催促的意思。那头豹子使劲睃了扁金几眼,这才一晃身体,闪进黄茅草里。

扁金当时还不太敢信,这一遭,竟又是有惊无险地过去了。他转身要走,也没忘了把狗肉重新扛上肩。穿过石林，再翻过两座山，前面已经有了田地和石砌的山路，有了人居的气息。扁金这才敢坐下来深深喘几口气，憋了太久，喘出的气息显得异常浑浊。喘匀了，他也敢折回去记起刚才的那一幕一幕。这时忽然明白了，那个头小的豹子，哪能拖着鬼共农腊去那么远？肯定是有帮手的。这一点，扁金怪自个早没想明白。扁金站起来接着赶路，心里又揣摩着，那岩崖上的大豹，和与自个僵持、身形较小的豹子是哪样关系？母子？夫妻？突然又想起老人曾说过，畜牲就是畜牲，可以既是母子，又作夫妻。人有了伦常，有了长幼序列，所以人才能够理直气壮地把那些活物叫作畜牲。

回寨子的一路上，扁金脑袋里挂满岩崖上那头豹子漠然的神情，当然，也不无感激。他暗自地想，如果它是只母豹，那定然是只非常漂亮的母豹。扁金无端得来一个想法，那只母豹，迟早还会碰见的。他想，给它拿个什么名字？

5
扁金要当达寄

那两腿狗肉，扁金自有他的安排：把一条腿肉割下一半给了牛现兄弟，自个留一半；另一腿，次日他给麻婶娘送去。

麻婶娘说她不要。她说，扁金，拿回去你慢慢吃。狗腿是你的，跟我没干系。扁金说，狗太大，豹子吃了狗脑壳就撑饱了。我把狗的四条腿都捡齐了，一个人不能吃太多，吃太多内火重，烧心。

那是我的鬼共农腊，我吃着心里会很难受。我已经是坏名声的女人了，不想再做烂良心的女人。麻婶娘看着那只狗腿，嘴里冒出呜咽的声响。麻婶娘已经瘦了许多，一脸菜色，还泛起虚浮的白光，和肚皮鼓凸的样子极不相称。

扁金就说，你不能这么想。鬼共农腊既然是你的狗，现在死了，它也情愿拿肉给你吃。鬼共农腊泉下有知，肯定在心里说，我这一身好膘，扁金吃了去，还不如麻婶娘吃了去……再说，你能捱下去，你肚里的娃娃也缺不得粮食。

很奇怪的，扁金一张嘴巴突然乖巧了起来，舌头犹如装了弹簧，叽叽呱呱弹出一堆话，说得麻婶娘不再作声了，低了头，眼光芜杂不知看向何处。

……我会炖狗肉，可惜弄不到豆腐一块炖。扁金这么说着，就折回去取砂锅。炖狗肉用的几种草根树叶，扁金以前攒着心劲备得充足，随时可以取出来。那天那锅狗肉，扁心下足了功夫，紧火烹过又换慢火熬汤，等到月上树梢，锅盖移开一条缝，所有的滋味就流了出来。事情做完，扁金看看麻婶娘背对自个坐在屋角，估计她是闻到狗肉香的。扁金也不多说话，打个招呼走了。

又捱了一夜，扁金去到麻婶娘屋里，不招呼，先把砂锅的盖揭开看看，看见肉和汤矮下去寸许，心里就欢喜，比自个吃狗肉更有滋味。他出去搂些柴棍，把剩锅里的肉汤又加热了，等到肉汤滚开，又添了几块狗油，几张柑子叶，一把晒干的野茼蒿。

麻婶娘的屋里是冷冷清清的气息，用山民的说法，就是家里炊烟都粗壮不起来，细得像筷子。麻婶娘的屋也独在一边。云窠寨的人户住得很分散，三两成群，四五成伙，围住这座名叫云窠山的孤山而居。扁金忽然有了把自个的茅棚迁过来，和麻婶娘比邻而居的想法。他也是一个人住在一边。

这一阵吃食不够，每天粗粮夹野菜吃两个半顿，扁金的四肢老是疲乏的。搬屋的主意一旦拿定，扁金整个人心思便活泛起来，忽然找回了些精神。出到麻婶娘的屋外，四处看去，鬼共农腊留下的窝占着巴掌大一块平地。把狗窝推掉，直接就可在上面搭窝棚，用不着整理地面。这么想着，扁金也懒得跟麻婶娘打招呼，回自个茅棚去了。

那个日头轻淡的下午，牛现兄弟各自挑了两只木桶，到老远的马鞭溪挑水去。马鞭溪看似断流了，但几个凹槽子里还存着水。牛现兄弟就计划着趁早多挑几路。走过扁金的茅棚，看见扁金在修房子，拿个锤笃笃笃地在板壁敲出声响。牛现兄弟觉着怪事，眼看都要断炊了，都快喝不上水了，这扁金如何还有心情修破茅棚？真是个脑袋不转弯的家伙。

再走得近些，看见扁金原来在拆茅棚。他那间茅棚的板壁由几根杉木方楔成大骨架，然后里外盖上两层草苫，就算完事了。眼下，扁金正拆杉木方，归拢作一堆，像是要扛到别处去。

牛现就说,扁金,你吃饱了没事干么,拆茅棚子当柴烧吗?

扁金抬眼见是牛现两兄弟,也不作声,只是笑笑,埋头干活。牛秧放下水挑,走得近些,看出来了。他说,扁金兄弟,看样子你要搬家对不?是不是前天找狗,寻到了一个好地方?

扁金歇下来,看看这两兄弟,说,是哩,不如一同住过去。可以天天开堂会。他嘴一滑溜,就把这话说了出来,自个都奇怪,怎么还有逗乐子的心思。

牛现两兄弟眼仁子就亮了,说你这家伙,毛都还没长齐,就会拿人家开心。哪还有心思开堂会?开一夜堂会,吃几天饭都补不了元气。那事情纵是能让人乐得癫狂起来,却也当不得饭吃。

扁金也不想瞒他两人。他晓得,说与不说,翻到明日整个云寠寨的人都会知晓,都会叽叽喳喳议论这事。扁金看着天上絮一般的云朵,慢吞吞地说,我要……我要搬到麻婶娘屋外头去。搭个伴,半夜,再有豹子摸进来,也好有个照应。

你原来要搬去和麻婶娘一块住。牛现说,你都跟人家打商量了么?

扁金想了想,说,没哩。

牛现又说,那麻婶娘以后就不好开堂会了啊,你跟她住在一块,麻婶娘会怨你碍着她做生意。

扁金说，没哩，我在她屋子左近另外搭一个茅棚，也就是挨得近点，遇事能照应着。平日里她做她的事，我管不着。

牛现说，把茅棚搭在哪里？也不要离人家屋子太近，以免以后开堂会的嫌你挡道，不舒坦。

没办法，就是狗窝那地方平整一点，我想把茅棚搭在那里。扁金说，反正鬼共农腊已经被我们吃了，它再不需要那个狗窝。

牛现做出一副很明白的样子，说，原来是这样的呵，原来你是看着麻婶娘的鬼共农腊死了，你要去顶上鬼共农腊的位置，给人家看屋子。扁金，我这才晓得原来你这人良心蛮好，良心有葫芦瓜这么大。

扁金听得一愣，不晓得应该摆什么表情。好半天，他才说，牛现你实在要这么说，我认就是。你再没有话说了吧。

牛现不作声了，但牛秧眼睫毛眨得几下，又接着开腔了。他说，扁金，我看没这么简单，你搬过去住，哪只是想给别人当狗看家？你不要装老实，是不是有别的想法？

扁金说，你说呢？

牛秧摆出无所不知的样子，说，你是看上人家麻婶娘了，好歹是个女人，肚里驮着娃娃很快能生下来。你看，你去给她当男人，省了很多麻烦，全都捡现成的。呵呵哈哈。

扁金不作声，算是默认了。本来，他脑袋还乱糟糟一片，只想着把茅棚移过去，以后的事没想太远。顺着牛秧的话一理思路，他就发现确实有这样的意愿。牛秧既然没说错，他就认了。

牛现也明白了。牛现想事总要比哥哥牛秧浅一点，经过这么一点拨，他才疏通了这一窍，说，原来你不是要做鬼共衣腊，你是要做列格达寄啊。你要晓得，要是你娶了麻婶娘，那你就是……

牛现张开一只手，把中指抬高，其余四指作爬行状。那意思便再明了不过。

扁金仍不作声，摆出气定神闲笑骂由人的姿态。

什么列格达寄咯，王八不长眼睛，但扁金是长着的。牛秧闲了一会又岔进来说，要是扁金想当王八，本来就是长眼睛的王八，何必画蛇添足唤他列格达寄呢？扁金就是要去当达寄。

扁金看看这兄弟俩，脸上都憋着笑的样子，随时准备倾泻出来。扁金拿起一块断了的短木方，抛在空中又接住，反复几次，然后把短木方扔在地上。

他说，我就是想当达寄，那又怎么样呢？

扁金说着，还把两道眼光直直地朝牛现牛秧杵去。牛现牛秧兄弟相互觑了几眼，反而笑不出来。什么话摆明了说，不再躲躲闪闪，就不再可笑了。

捱得一阵，牛秧就过去拍拍扁金肩头，说，扁金你真是个角色。这水我也不挑了，舍这半天的工夫，帮你搭屋子去。

那个尿黄色的下午，扁金得来两个帮手，拆屋拆得很快，有用的杉木方墩齐了用草绳捆扎好，没用的草苫暂且堆在原处，冬天可以拿去烧火引柴。牛现牛秧把木桶放在一边，先帮扁金扛木方，去到麻婶娘那里。

一路上好些寨里人看到这一幕，三个后生家各自扛一捆木方路上走着，显然是要搭茅棚的样子。寨里人就问，谁又要搬进来？这大灾年，谁还往我们这穷山僻地跑？一齐饿死吗？

牛现牛秧就一遍一遍地跟人解释，说没哩，是扁金要搬家，把茅棚搬去和麻婶娘住在一块。寨里人又问，扁金住过去干什么呢？扁金难道开堂会开上瘾了，晚上赶过去还嫌路远？牛秧就回答说，不要嚼蛆，扁金是个好后生，从不去开堂会。人家有心思把麻婶娘娶成屋里人。

寨里人一听，个个眼睛瞪得老大老圆，甩了牛现牛秧去找扁金证实，要他亲口说说有没有这样的事。扁金仍然不说话，只是咧嘴一笑。

寨里人一看就明白了，豹崽子扁金想女人想疯了，活蹦乱跳的大姑娘讨不到，打起了麻婶娘的主意。寨里人都是看着扁金由一个孤雏长成板板实实的后生，心里琢磨着这回事，得来一阵凄惶，一阵隐约的难过。于是，这下午不做事的人都跟在了后头，想到麻婶娘那里看个究竟，另外，有什么活要干也好搭把手帮帮忙。

圈柴到外寨替人看病，回来也看到这一幕，尾随在这一行人后面。他老瞧着哪地方不对劲，憋着气想了好久，才问出来,扁金呐,麻婶娘她晓不晓得这回事?要是她同意了,你何事还在狗窝上搭个茅棚呢?直接住进她屋子里不就完事?

这一大堆人经圈柴一说,才醒过神,发现确实不对路。扁金觍着脸说,我还没来得及跟她说哩。

众人这才晓得,原来扁金想当达寄,眼下还是一厢情愿的事,人家麻婶娘还没点头许可。但想想也没事,扁金这样一个能吃苦干活的后生去寻她一个寡妇,她若是不肯,那定然是脑壳有毛病。所以众人仍然往前行去,到得麻婶娘屋外,也不招呼,直接把狗窝掀翻了。

麻婶娘感到肚里驮的这孩子长得很快,起码有半只狗獾大了。这几日她感觉力乏气短,成天心里空空地着慌。把那钵狗肉吃完,人才稍微稳住了。这日她正在屋里躺着,迷迷糊糊地,就听见外面传来哗啦啦的响声,还有男人讲话的声音。人来了不少。

她推门看去,见狗窝被寨里人推掉了,石块也被捡在一边。她不晓得是哪回事。扁金走上来,脸上笑的样子堆了太多,把脸皮都压塌了。他说,麻婶娘,你是一个人,我也是一个人。这冬天豹子肯定经常窜进来。我们做回邻居,也好有个照应。不是么?

麻婶娘正两眼发蒙,牛秧走过来一口就把话说破了。他说,麻婶娘,扁金想当你的男人,照应你过这个冬天。

又一个人说,哪只这个冬天,扁金有心照应你整下半辈哩。

扁金觉得这是自个的意思，依然笑着，把头点了几点。

麻婶娘把脸就拉了下来，避过扁金，跟别的人说，扁金小孩子不想事，你们却都不小了，还跟过来闹我笑话……

嘿，麻婶娘，到晚上你就晓得扁金这伢子其实不小了。有人冷不丁说了句话，把麻婶娘的话打断了。众人乱哄哄地笑起来。

哪个狗日的嚼蛆？麻婶娘摆出火冒三丈的模样，厉声地说，站出来，老娘跟你日亲道娘理论理论。但没人站出来，都把头重新埋低，去帮扁金做活。捡完了那块地方的石头，下一步该定几个点打桩头了。

麻婶娘晓得自个也架不住这么多男人，就拿眼杵着扁金，说，扁金，你进来说话。扁金便跟了进去。

那屋子即便在晴好天气里，仍然透着阴晦。狗肉的香气留不住，已经从屋里消掉了，扁金进去只看见、嗅见很冷清的味道。他想，豹子扑塌的那个窟窿回头得堵住，很快秋凉了，往里头灌风会砭人肌骨。

麻婶娘杏仁眼凸出来，问，扁金，你到底是什么意思？

没别的意思。扁金说，我是一个人，你也是一个人……

你还是嫩伢子，回头你会怨恨我。

扁金斩钉截铁地回答说，不会。他拿眼光去碰麻婶娘的眼光，但很快吃不消了，又把头勾下去，走漏出一股稚气。

麻婶娘好久都没有作声，看着低下头的扁金，满肚子都是很荒唐的滋味。门没合住，看看外面那堆人，干得热火朝天。她想,那些狗东西,很多都是开过堂会的,现在又来寻开心了。她用上颚的牙咬住下嘴唇,很用力,让痛感直钻心底去。

好半天,回过了神,她看见扁金依然把头耷拉着,嘴角挂出些许浅笑。她暗自地骂着,这豹崽子,想法真是不与人同。她摸了摸自个肚皮,感受到腹内水波浪一样涌起来的胎音,便哂然一笑,说,扁金,不怕你笑话,我都不知道这娃娃是谁种下的。每晚黑灯瞎火,走马灯样地,把我彻底搞蒙了。

扁金说,我不在乎,娃娃跟我姓好了。

麻婶娘说,现在你还没真正弄明白。等你再年长几岁,就会生出别样想法来,嫌弃我,恨不得一脚把我踹开。

不会。扁金总是把话说得很短。

说白了吧。要是你跟我一起过日子,别人就会把你看成一只达寄,知道么?

嗯,我想当达寄。扁金说。

麻婶娘泪涌到眼角,又用力憋回去。她叹一口气,说,先不说了,你喜欢就住在外头,别说是我同意的。

扁金的新茅棚架不住这么多双灵巧的手摆弄,很快踔了个,天光开始变间的时候就往顶篷上苫草了。扁金住了进去,听见这豁口风声跟原住的地方不同,有了回旋的音韵。他想去麻婶娘的屋里看看,问一问寒暖,心底却冒出个声音说,不慌的,捱几天再去。让麻婶娘习惯习惯另一个人的挨近。

住到一处，扁金感觉时间被抻长了，每天都过得慢。时间仿佛城里人家的闺女扎起了小脚。特别是晚上，听着风的回旋音，他睡不好觉，老是在揣测隔壁的麻婶娘睡着了没有，正有着怎样的心事。

那一段时日，扁金看见麻婶娘的屋门老是闩着，不敢去拍门。冬日挨近，可做的事不多，一门心思还在吃食上。扁金每天去得老远，往山脉深处走去，挖葛根、老藤、茯苓块、地葫芦、冬笋，或者寻找草皮下的洞眼，找出半僵不死的蛇、依然鲜活的鼠，或者去溪涧的烂泥里摸螺蛳、蛤蟆。这不是扁金的强项。找豹子弃下的狗是他的长处，而这些伎俩寨里另一些人是里手，也是不轻易让别人学了去。

这日又循着那日找鬼共农腊的路径，去了那片豹子的领域。他寻思着，别人不大敢去地方，可能还能多找着些东西。去的一路上脚一直打颤，想起那日的情形，还鲜活得很。他仿佛又闻着了豹逼人魂魄的骚气。还是硬着头皮去了。每当有了怯意，扁金心底又响彻另一个声音：我偏要去！过了那片石林，看见那一汪黄茅草已经枯败，几阵浓秋时节的疾风刮过，草秆都倒伏下去。地面上，别的藤本草类显露出来。扁金轻易就挖得几条葛根，有一条很粗壮，少说也在这里生了几十年。

他没有碰到那两只豹，回来这一路上，反而空落落的。

回到住处，麻婶娘屋子的门仍然闩着。他好几天没见着麻婶娘把门打开了，忽然涌上一种不祥的念头，她是不是死在里面了？他敲门，没见里面冒出声音回应，就更急，转了半圈，从豹子当初撞开的墙洞里钻了进去。

他钻进去时，麻婶娘正坐在床上看着他。看见他钻的样子活似那晚的豹子，就笑了。麻婶娘的肚皮大得不能再大，每天弄吃食都胖手胝足，极不利索。扁金把门闩撤了，让所剩不多的天光渗进来。这屋子布满了阴气，他生起一堆火，就着那火，把切成小段的葛根煮了。

他跟床上大肚皮的女人说，麻婶娘，你身边少不了得守着个人。别霸蛮了。

麻婶娘没有吭声。

扁金煮透了葛根，招呼一声又出去了，从外面把门带上。

麻婶娘有一天晓得娃娃想出来了，就叫喊，扁金恰巧听见。扁金正要出门去，麻婶娘晚叫半袋烟的工夫，事情就难说了。说是胎位不正，打横了，是条门闩胎。寨里几个老年妇女一看就晓得碰到玄事，不敢接活。圈柴胆大，他说我试试。他在麻婶娘的肚皮上搓搓揉揉，还捻着穴道，好半天竟然把胎位纠正过来。几个妇女往下做活，还顺手。

听见孩子细若蚊蚋的哭声，麻婶娘总算放下心来，挣扎着要道声谢。圈柴就说，谢不到我头上，全赖这娃娃自个生得小。要他长到正常斤两，事情反而麻烦了。

圈柴还有话但没说出来，他隐约觉着这娃娃活不长久。

娃娃确实太小，不足斤两。扁金见着时，这娃娃几乎可以被自个一手握住，像握着一条胖些的四脚蛇。脸皮也很皱,夹得住蚊子腿。他没想到刚生下的娃娃是这么难看,着实吓了一跳。

他对麻婶娘说,个头是小了些,但长得蛮好看。麻婶娘依然卧着,没力气坐起来,冲扁金笑笑。她说,你给娃娃取个名字。

扁金说,叫老鼠儿吧。

麻婶娘说不好。

扁金说,叫豹子行吗?

不好不好。麻婶娘说,我看叫狗子。

扁金只好冲娃娃喊一声,石狗子。

麻婶娘说,原来你姓石?

扁金点了点头。麻婶娘说,还是叫麻狗子好了,随我的姓。

扁金变得有事可做,去挖砂地抠树蔸,晾干当柴烧。每天他都要在麻婶娘的屋里烧起老高的火苗,让屋子热气腾腾。墙洞堵上了,还新抹上一层石灰。

云窠寨的女人免不了进到麻婶娘的屋里帮帮忙。更多的活没法让扁金去做,是女人的事。扁金就仍每天挑着柴来,让火苗不断扑腾。麻婶娘终于有了奶水可以喂给麻狗子。扁金觉得自个不应该看,就尽量进去得少了,每天把柴放在屋门口,跟来帮忙的女人打声招呼,又去做别的活计。

这个冬天不算冷,风被不远的山脉挡去了,消耗了。寨里的女人也不是每天都来,每个人首先得忙完自家的事。

有一天，扁金放下一捆干树蒐，照常招呼一声，要走开。但今天没有女人来帮忙。麻婶娘叫扁金进去。扁金进去看见麻婶娘抱着麻小狗。麻小狗长了些斤两，所以表面的皮子被抻得平些了，不是刚生下来时那番脸皮堆叠的模样。

把门关上，关紧。麻婶娘就这么交代。

扁金照她的意思做了，拢到火塘前把火堆扒开一点，烧大一点。

你过来。

扁金就过去了。看见麻婶娘的两个奶有点瘪，像装了半袋水的猪尿脬。但扁金也不奇怪，他想，还胀得起才见鬼了哩。

这一阵难为你了。你想做那事吗？

什么事？

那事。

嗯，想的。扁金突然听明白了，就用舌头佘了佘嘴巴皮。冬天干燥，嘴皮上浮起了一层壳。

麻婶娘就呵呵地笑了起来，说，我吊你胃口，现在不行，我不能做那事。你嘬几口……

扁金说，狗子不够。

麻婶娘说，我给他留了一只奶，这只大的给你。她指了指右边稍微鼓凸些的奶袋。

扁金还四下里看了看，定定神，这才埋下头嘬得几口。奶腥的味道让他脑子活泛起来，想起寨里人都说，自个曾吃过几口豹奶。这种味道让他脑袋恍惚。

你在想什么哩？麻婶娘看出来扁金心思飘忽，不晓得跑哪去了。

没想什么。扁金说。这时候他突然想起那只伏在岩崖上，身型硕大的母豹。他想，这个冬天，豹子又是怎么度过的？他闻着麻婶娘身体上湿湿的气味，听着屋子外面的尖细风声，闭上眼睛，脑袋里是丰富而又芜杂的图景。

6
扁金的戒灵

扁金新盖的茅棚弄成了灶房。扁金自个床板上垫的稻草搂进麻婶娘的屋里，把她的床垒厚，晚上再把自个放上去，于是那张床多了一个后生的体温，就热气腾腾的。小孩闹夜的哭声，扁金也不感到烦躁。他以前一个人住久了，现在被小孩吵闹，反倒觉着很惬意。

扁金搬进去住的事，寨里人第二天一早就晓得了，扁金走出去，碰见人，别人老远就朝他递眼神，说，呵呵，扁金，一个晚上都捡齐了。孩子都不要自个生，省事呵。扁金也不认为别人是说损话，也咧嘴一笑，说，这都是托你的福呵。

缺粮的冬天，寨里好些人跑去远处讨要，担心待在寨里过不了这一冬。男人经常聚了伙去山脉深处打猎，备下干粮，一去好几天。牛秧来邀扁金。他说，扁金，你闻得着豹子骚味，寻得着踪迹。我们搭个伙，一齐去，说不定打一头花豹。

但扁金不去,他说屋里走不开。现在屋里添了两口人,他每天要干的事挺多。事实上麻婶娘已经能够屋里屋外忙活了。

麻婶娘是个攒家的女人,开了几年堂会,刨开一天两顿,余下的都换成钱财首饰攒着。正巧碰上了荒年,就只好把家底抠出来换了口粮。她有个硬木盒,每回,扁金也没看见她是从哪里把硬木盒取出来的。打开看看,值钱的东西格外有一层光,直晃人的眼目。扁金以前也没见过这些东西,土里刨山上取,全塞肚里了,没有攒性。眼下看见那些东西,还是蛮喜欢,突然一下开了窍似的,晓得过好日子,原来不光得糊弄了嘴,还得有节余。麻婶娘每回挑挑拣拣拿出一样东西,告诉扁金,去到三十里外的水溪镇,能换几斛谷。扁金去了,每回都换不了麻婶娘先说好的斛数。拿回去,麻婶娘也不怪他,知道这灾年的吃食,价格会蹿得没谱。再说,扁金这人左右看去都没长心机,不担心他竟会玩私下克扣这一手。

腊月底,要祭戒灵时,麻婶娘又把硬木盒翻出来了,找出一对四棱扭花的大银镯,好几两重。她嘱咐扁金去镇上买些谷,另还须买些灰面、糯米粉子,好捏成几个供粑。戒灵是喜欢吃粑粑的神。

临走,麻婶娘又交代扁金一路小心些,少跟路人搭茬。她说,这可是最后的家底了,别当我像粪窖一样一年到头掏不干净。说着还打开硬木盒杵到扁金眼底,让他看了个仔细。里面孤零零地躺着几枚铜钿。

但路上扁金还是跟人搭茬了。是兮颂寨的人,以前就认得,结了伴往水溪镇去,一路上哪能不说话。兮颂寨的人告诉戒灵,说不远处砂车寨的人,昨日打得一头豹。

扁金就问怎么打着的。豹子不比野猫野兔,人翻一座山它能蹿过三座山,哪是那么容易死在人手上?

那个偷狗贼,嘿嘿,撞了霉运。兮颂寨的人把豹子叫成"偷狗贼",又说,昨晚摸进车砂寨,到处遛圈,没闻见狗骚,反而被车砂寨的后生发觉了,一路撵着跑。那偷狗贼肚皮也饿瘪了,腿杆挨一火枪,跑得不快。车砂寨的后生馋它那一身膘肉,哪肯白白放过,竟然撵过几座山。偷狗贼着了慌,天一黑看事物也看不明朗,一蹿蹿到一蔸树的树杈子上,卡紧了,怎么抓挠也脱不了身。这不,车砂寨老廖那一家的男丁撵上了,一顿棍棒敲死。今天正在割肉哩。

扁金问,那头豹子长什么样?

是头花豹,长什么样我没见过,据说个头不蛮大。

扁金心里一紧,忽然如中魔怔一样,想改道去车砂寨看看。他跟兮颂寨的人说,我想去车砂寨看看。这么些年,得了豹子不少好处,但从没见过豹子长什么模样。

兮颂寨的人说,那要快。慢几脚,那豹子就卸成一堆死肉了。

扁金既然定下了主意,便往车砂寨去。分豹肉的事在廖家的庭院里弄,看热闹的人把院落围了好几匝,扁金几乎是从人们脚杆底下钻进去的。人们脚杆都饿细了，钻一钻还有空档。豹子已经被专门请来的屠夫豁开了，皮肉分离。豹皮被几块篾片撑着，撑得像面风筝，挂在屋檐上晃悠。扁金不难认出来，这正是当日与自个在黄茅草中对峙的那头豹子。

他忽然想把豹皮给买下来。廖家的老头怪眼一翻，把扁金上下打量几圈，问，你买得起么？扁金说，买得起。他把两只银镯拿了出来。那人把银镯掂了掂，说，这荒年灾月，一张上好的豹皮也只有贱卖了。要是往日，怕是两只镯都不够数。

扁金不吭声，这才想到自个不晓得价钱，事先总该问一问。他只好拿了眼睛看着那人。屠夫倒是一脸明白样，说，这事我当个中间人，说公道价。这张豹皮纹样是好，尺码稍小要不到好价。你一只银镯四两六钱五分重——喏，镯子内圈打得有戳记，我认得。一只银镯不够换，一对拿去，显然又亏你了。后生，你说这如何是好？

扁金说，你既然公道，你看着办。

屠夫说，那好，要不我叫他添你几斤豹肉——补人得很，一斤豹肉吃下去长出的力气，抵好几斤猪板油。我说后生，寻得媳妇么？

嗯，有了，那又怎样？扁金问。

那好办，不如我叫廖家把豹鞭也添给你。那也是值钱的货。

豹鞭又是什么东西？扁金听不明白。抬眼一看，周遭的男人都窃笑了起来，扁金心里就更加疑惑了。

屠夫说，这物件蛮好呢，拿回去炖汤，保管你饿着肚皮也把媳妇整个人仰马翻。

扁金这回听明白了，脸上臊热，说，我不要。不如你们添我一些灰面，一些糯米粉，补足剩下的就成。

廖家的人连忙说，这个好办。

扁金用那两只银镯，换得一堆杂乱的东西：豹皮、豹肉、捏好的供粑和一袋瘪谷，折回寨子。豹皮豹的血腥味浓稠，直往两个鼻孔里熏。那天难得地出了太阳，离屋近了，见麻婶娘正抱了狗子在屋外踱步，让小家伙看看外面的事物。再近了几步，听见麻婶娘嘴里嘟嘟囔囔念叨着，是一首童谣。

娘在家里待，爹下水溪镇；
爹去水溪办年货，娘在家里坐月子。
几时有？二月二蛟龙抬头。
几时生？二十六花雉翘首。
弟弟有多大？像只狗獾大。
弟弟有多小？不比鹌鹑小。
爹回来了拿些啥？十个鸡蛋两斤粑。
还有啥？五尺锦布开花花。
……

扁金听得心里一酸，一是晓得麻婶娘的确把自个看成她孩子的爹了；二是忽然去想，小时候有没有听见自己娘哼过这谣歌？已经一点记不起来了。

走进去，麻婶娘就有些疑惑，说，哪能这么快，东西都买来了？一眼瞥去，看他没拿回来多少东西。她问，又是如何搞的，叫你买的东西都买来了？

扁金强自一笑，说麻婶娘，你都猜着了的。说着把豹皮扯了出来。他想，这不正是五尺锦布开花花么。麻婶娘的一张脸就垮下来了，她说，扁金，你吃过了，拿活命钱换来一张畜牲的癞皮。

扁金说，这是好皮。再说，这正是拖走鬼共农腊的那只豹。

麻婶娘叹了一口气，说，那又怎样？没想到你却是个败家精。钱在你手里，难道只是块铁吗？

供粑到底是弄来了，当晚摆开桌，能给戒灵留个位子，不让这神瘪了肚皮来又瘪了肚皮去。吃完饭，麻婶娘又数落起扁金。她没想到扁金竟是这么个不会过活的人。嘴皮子说干了，扁金都不搭一句话，麻婶娘看看耷着脑袋坐在火塘边的扁金，心想，他从来没见过钱，哪知道怎么用度呢？

过几日，麻婶娘又掏出一支镂花银钗，跟扁金说，就这一只钗了，份量轻些，但做工细，是值钱的。拿去换糙米，能换几斛换几斛，别怕费了唇舌，多讨几口价。这以后，我再也拿不出值钱物件了，你别半道上又中了邪买一堆摸不着头脑的物件回来。

之后老长一段时间，扁金脑袋里时常泛雪花状的模糊图景，使得他有了窥见底里的欲望，直至渐渐清晰。于是，他会记起岩崖上那只母豹巨大而且孤独的身影。他想，若这只死豹是跟大豹一起过活的，那么，而今母豹岂不是要独自过活？母豹独自过活，又会是怎样的状况呢？它总不能，也去开堂会吧？

这个夜晚扁金听见遥远的地方传来枪响，以为哪个寨突遇匪灾了。次日早起，却听寨里人说，是磨盘寨昨晚来了豹子。

磨盘寨一带尽是井水田，天旱依然有收成，所以这荒年还留下了不少狗。有月亮的夜晚，磨盘寨的狗吠声欢腾得起，使周边别的村寨愈加显得冷清凋敝。周边村寨的人在这些夜晚才深深地意识到，寨里得有狗吠声，方才显现出兴旺气象呵。这以后，不到最后一步，狗是万万不能宰杀的。

但这冬天磨盘寨来的豹子也多。磨盘寨的人从散匪手里买来了枪支，遇到有豹的声音传来，赶紧聚集了人四处巡察，护住寨子。昨晚那枪就响了若干下，也不知是否擦着豹子的皮毛。

扁金起个大早，走出去问了别人，昨夜枪响是怎么回事。很奇怪寨里人竟然说得明白。消息像枪响一样传了过来。他问，那豹子叼着狗了吗？寨里人回答，嘿嘿，你又有生意了——叼去一只大黑狗。扁金也不多想，背了把柴刀就往寨子外走去。

他再一次想到母豹。他越来越能确定那是只母豹。然后他赶往曾经遭遇豹子的那片区域，他揣测昨晚是那头母豹进到磨盘寨。这也没个根据,但扁金愿意就此去看看。

黄茅草已经焦枯并匍伏在地面,扁金的眼前空阔起来,一切的事物不再隐藏。他没有往草地走去,而是攀上一根莴苣状的石柱,上面有一丛矮小的皮树。他就伏在那里,俯看周遭好大一片地域。结果真把那只豹子等来了。豹子的身形显得臃肿,步幅缓慢,叼着一块血糊糊的东西行经草地。不难看出,那正是半只吃剩的狗肉。磨盘寨的那帮蠢人,根本奈何不了这头豹子。扁金看得出来,豹子肚里驮着东西,一如麻婶娘几个月前的模样。

母豹到得草地中间,就显出了疲态,行走时拖起了步子,肚皮的下沿几乎垂在地面上。放缓步子之前,它没忘了环视周围一带。扁金下意识把头埋低,却也知道自身不会暴露。豹子叼了狗肉,狗血的腥味早已把母豹熏得够呛,使它丧失了往日敏锐的嗅觉和警醒程度。母豹确信周围没有异类,便把狗肉丢弃在地上,自个伏在不远处一窠草里。这日出了太阳,母豹被煦暖的光很快挠出睡意,眼皮开阖不定。再过得一阵,身背暖和了,它便侧了身躺下,并扭动身躯与底下的草梗反复磨擦。豹皮里面易长虮子,扁金晓得,母豹做这样的动作,便如同人去抓挠痒处,是很惬意的事情。

扁金一动不动伏在皮树丛里,看了半天,看母豹打盹。母豹累得不行,躺了一个多时辰。醒后恢复些精神,又来了玩性,把那半只狗肉叼着抛了起来,尔后又猛地蹿开两步,仿佛怕狗肉落下来砸着自个的头。狗肉落地,它拢过去嗅了嗅，又故作出惊惶样倒退了几步，然后又拢过去撕咬……母豹再三反复这一系列的动作，看在扁金眼里，倒看出些许小孩的稚拙神态。

母豹突然竖起耳朵，听见哪个方向传来了声音。扁金紧跟其后也把两耳支起来，却只听见空空的风声。母豹蹀着细步朝扁金的反方向跑去，很快隐匿在一片灌木林中。扁金又是等了许久，没见豹子折回，这才蹑手蹑脚爬下石柱，走上前去，把那半幅撕开的狗拾了起来。他也惊骇自个的胆大，分明是豹口里掠食。上回，看到母豹蹲在岩崖上对自个视而不见的样子，扁金就隐约觉得，这头母豹对于人仿佛有一种善意。但它一头豹子，哪又晓得"善意"是怎么回事？反正，扁金认定，母豹眼里闪烁着一层与人互不往来、相安无事的意思。

但扁金的头皮还是发紧，每退回一步都听得心子甩了一下，如同大户人家的钟摆，左右大幅度地晃开。母豹始终没来。进入石林地带，扁金心思稍稍放下来些。再看看手中的狗肉，狗毛沾满了血污，但仍看出来是一头纯黑的狗。

有一阵风贴紧后耳垂吹过，脖颈上微微发凉。扁金觉得不对路，再偏了头，看见母豹几时又爬到了最高的岩崖上，正往自己这方看来。母豹并没有嘶嚎，用声音震慑扁金。它把那个短小的脑袋偏了起来，侧看向扁金，那模样，仿佛也是蹊跷得紧，不知这两脚兽何时又冒了出来。它大概认出扁金是曾经见过的人。

扁金心底还不断地提醒自个说,不须怕它,越镇静越好。但星星点点的汗渍仍从身上每一处泛起。另外,扁金也有些底气不足,觉着自个像个贼。这也是怪事,他好多回捡得豹子吃剩弃下的狗肉,都是心安理得,而且在人前还有些得意之色。唯独这次,扁金有了做贼心虚之感。

又是一阵僵持。当然,母豹蹲在岩崖上一直不动,并不像前次,个头稍小的那头豹满脸都是咄咄逼人的气势。扁金思忖一阵,把手中攥着的狗肉扔下,然后从容走开。扔下狗以后他心里便宽松了,步幅稳当地穿过石林地带,用不着三步一回头,窥看那母豹追过来没有。

这一路也确实顺当。

回到屋里,麻婶娘问,是找狗去了么?看样子,寨里的人已经跟麻婶娘说了。扁金点了点头。麻婶娘问,捡得了没有?扁金又摇摇头。麻婶娘见扁金手上有血,吓了一跳,说造孽啊,手还弄伤了。于是舀一勺水给扁金洗去手上的血渍,闻到这血里分明弥散着狗腥味。把扁金那只血手洗净,找不出一点伤口。麻婶娘就弄不明白了,一再追问,扁金只是笑笑,不说。

麻婶娘去灶房弄饭。扁金将麻狗子的襁褓用背绳扎好,挂在自个脚尖。他在火塘边坐稳,把脚尖轻轻地摇晃起来,麻狗子一张半皱的小孩脸就时时挤出了笑容。扁金越来越喜欢麻狗子,因为他越来越觉着麻狗子跟自个挂相。前几天,他就跟麻婶娘说了一回,说麻狗子怎么越看越像我啊,还是换个姓叫石狗子好了。

没想到麻婶娘听了这话就哭了，这以后扁金再也不敢提起。

扁金又想起母豹的模样。它蹲踞在岩崖上雄视一切，又对一切视若无睹的神色，盘旋在扁金脑际久久不能散去。自小就听老人和神汉说起唱起梅山神戒灵的事，扁金对这神得来非常模糊的印象。而今，那母豹高踞俯瞰的模样，在扁金头脑中自然而然地和"戒灵"这个名字契合了起来。他想，若戒灵神确有形体模样，那大概也会踞在高处稍带傲慢之气看着下面的山、树木、溪涧、人，还有狗。扁金无端地相信，还会碰见那只母豹。于是他擅自给母豹拿了名字，就叫戒灵。他把这名字默念几遍，把母豹的样子再翻出来想几遍，两者配伍真是再合适不过。

——魂跑到哪去了？别把狗子撂下来。麻婶娘端一钵粥进来，提了个醒，把扁金从无边的臆想当中拉回来。

呃。扁金说，在想，狗子长大了肯定雄壮得像头豹子。老叫他狗子并不好，把人给叫贱了。不如改个名叫豹子怎样？麻婶娘说，不好，就叫狗子。豹子都是偷狗贼，名声不好哩。扁金便不作声了，脚尖用一用力，把脚上挂着的狗子晃得更舒坦些。他想这小孩也真够冤枉，竟然成天被唤作狗子。再一想又觉得恰切：狗子呵狗子，你那个爹，不就是狗爹么，缩头缩脑不敢出来。

破春后日子一天天眼见着不同，山上的绿色起势得早，不经意就已是绿色弥望的景象。寨里上年纪的人都看得出，这年应是个好年景。神就是这样一个面目晦涩的角色，让你失去些，回头又会多补给一些，似乎是要让人体察到他的苦心。

扁金决意还要去看看那头母豹，他心目中的戒灵。这事他没跟别人说，寨里的后生要是晓得了，说不定会扛着枪去。闲下来，坐在田垄地头，扁金会无端涌来一阵得意。他想，在别人心眼里，戒灵是个不具体的东西，被聚毛一唱，愈加地懵懂了。他很庆幸戒灵在自个心中是那么确切的形象。在一种自我暗示中，扁金确信即便戒灵神不完全是豹子的模样，那也差不到哪去。

再去往那头母豹活动着的领域，扁金心中全无怕感。这一路走得轻快。到地方以后他又攀上石柱，在那个固定的位置上往四周瞭望开去。黄茅草没有去年旺势，那一块地，贴着地皮的矮草蹿起来了，黄茅草还没有动静。再远一点，石块上薛痂脱落，青黑的颜色比以往更重。看得久了，扁金的眼底越来越枯寂。母豹却并未出现。这样他心底的期待就更为炽烈。他相信母豹一旦出现，浑身的斑纹一旦随着步幅抖动起来，眼前所有的一切会立时鲜活起来，灵动起来。

但母豹并未因扁金的盼望而出现。扁金时不时扭头往数处耸峙的岩崖上看去，他老疑心，就在自个转过头的一瞬，母豹就在岩崖上闪现出来。这样的状况也未出现。

那天扁金两眼扑了个空，午后怏怏地回到寨子，被麻婶娘数落了一阵。麻婶娘近日老想着得把圈柴请来，帮扁金看看。扁金做起事来老有些心思飘忽。这让麻婶娘的心思悬了起来，想这后生是不是对自个有看法了？才过了一冬，自个那些家当用得差不多了，这扁金就生出二心？

那一晚麻婶娘哭了，要跟扁金掏心窝子说说话。扁金一听这意思就笑喘了。他说，哪是你讲的那回事呵？我可是跟你浑上了，你就是拖把锄头敲我走，我也死赖着不走。这辈子缠定你了。麻婶娘一看扁金的脸色依然明朗着，毫无躲躲藏藏的神色，这才信了，破涕为笑。再问他，何事近日心事飘忽，隔个丈把远却老喊不应。扁金说，哪有这样的事？你真是多心。

麻婶娘又想起一件事，再问，那回空了手出门一天，到底去了哪里？

扁金翻了翻眼皮，答说，找狗。还能是干别的什么？

当时麻婶娘一颗悬心暂且放下来了。但这以后，扁金不打招呼便成天寻不着人的日子就多了。麻婶娘阅事多了，晓得男人都是那股子贱性，嗅到了新鲜女人就如同豹子嗅到了狗肉臊，心子里腾得出手去抓捞。麻婶娘满心的不安稳，这日看着扁金又不打招呼，吃了早饭独自蹚出寨子。麻婶娘便把狗子交给别的妇人代看一时，她自后头跟上扁金。

都说扁金嚅过几口豹奶，有一股豹劲，看样子是不假，这一路走得飞快。麻婶娘在女人里头也算得有脚力的，以前挑担爬山过河都跟男人搭帮，但撵扁金的后脚，煞是吃亏。扁金专拣僻静的，少有人去的荒路，往山脉纵深地带去。麻婶娘的头发一阵一阵发麻，看这架势，哪能不是去会野女人？

前面的路便是贴着马鞭溪了，弯折不断，找不出两丈长的直路。溪水现在还是很细弱的样子，还没从灾年中恢复元气。前面又是一个急拐，麻婶娘往前看不见扁金的身影，心里一慌，嘱咐自个还得走快些。但一拐过去，脑门差些就撞在扁金的尖鼻子上了。麻婶娘尖叫一声，捏了拳头去敲扁金厚厚的肩，嘴里说你这个背时的砍脑壳的。

扁金兀自一笑，说，怕我去会野女人了？麻婶娘用不着隐瞒，说，是哩。你看你这模样，能让人放下心吗？扁金暗暗地一想，嘴上说，还真是哩，会一个浑身长了毛的女的。说着，扁金嘴上还挂出浅笑。麻婶娘正要唢他几句，扁金却拽着她的手，说我带你一齐去看。麻婶娘见他说得坦诚直白，一颗脔心已经了放下了，嘴上却说，看鬼打架么？

又到那个地方。扁金经常攀爬的石柱，柱身已经找好了几个石窝窝，正好把脚放上去一路爬高。麻婶娘被扁金从底下顶着往上爬，到得顶端，见一丛矮树里被人躺出几个空隙，知道扁金原来都是来了这地方。

往前看去那一片几百亩的草地，草秆子上已经绽出淡白嫩黄的花，岩崖子下是好几丛红踯躅，开出的花着了火样，大片大片，繁茂抢眼。母豹从红踯躅里拱出来时，扁金摸见麻婶娘浑身筛糠般哆嗦起来，忙拿一只手摁住她后背，稳了稳她的心志，轻声说，没事的。

在母豹的身后，又蹦出两个毛茸茸的，看着跟家猫别无二致的小东西。母豹破春不久就产下两头小豹，成日带着它俩来到这片草地撒欢。看见那两头小豹，麻婶娘明显安神了，这才察觉到，母豹也跟女人差不多是一回事，得有娃娃，得全心全意照应着。

母豹这日心情蛮不错，来回短蹄着，并不时把豹崽子掀翻在地。时不时地，母豹会撇下崽子，忽然一气蹄着老远，朝着红花似火的灌木丛扑去。那些花的颜色惹人眼目，同样也招得母豹兴致大起。一扑下去，花丛里藏着的虫子四下里飞起。母豹还盯着肥硕的飞虫不放，腾起老高向空气中空空地咬了几口。这边，两头豹崽子捉了对啃起来，先是嬉闹，爪上牙上却没个轻重，闹着闹着便动了火气，撕扭得不可开交。母豹只好甩开花树，低嚎着又朝自个崽子奔去。

母豹在草地上跑动的，豹皮是麻溜溜的铜钿斑纹，仿佛能晃荡出声响。定睛看上一阵，会让人眼晕得厉害。

那母豹扑向红踯躅花丛的动态，让扁金觉着，那和大姑娘看见花朵时，又有什么两样呢？母豹毕竟是母豹呵，也会被乱花迷了眼目。

日头升高了，母豹动弹半天得来一阵倦意，就近找一块斜面的石壁，爬上去伏下了。那两头豹崽子也一颠一颠跟过去，爬上斜石壁，趴下来想休憩。但斜角大了些，豹崽子好几番滑下去掉在草丛中，发出呜呜的声音。但母豹摆出不管不顾状，懒散看向远处，任小豹自个再爬上来。多有几次，它们自个便能揣摩出心得，怎样才能在斜面上趴得牢实。

　　偏了头,扁金看见麻婶娘也看得入神。麻婶娘脸上泛起红色。到得这野外,她看着比在那阴晦的屋里强了许多。扁金这才想起,两人把屋子合用了,把铺床稻草累加到一起了,但还没像年轻男女一样去到野外交交心,说几口撩拨对方的骚话。他把麻婶娘搂紧了些,麻婶娘眼光还没拨回来,身子却轻轻地靠紧了这方。

　　扁金本想说,麻婶娘,你仍是蛮好看的,说出了嘴却变成一句问话:好看么?

　　麻婶娘没有回答,只是点了点头。

7
小戒灵

　　那天,麻婶娘如同梦游般跟着扁金去看了母豹。到得当场,麻婶娘觉着满目生趣,那小豹憨头憨脑招人喜爱。回到自个屋里,麻婶娘却得来一阵阵后怕,一个晚上都直打哆嗦,背脊冷飕飕的。晓得扁金不是去会野女人,而是去看豹子,麻婶娘更是不得心安。她跟扁金反复交代,扁金,再也不能去那个鬼地方了。你死了,我和狗子往后该如何过活?扁金见她两眼光芒涣散,病态一般,也不好拂逆她的意思说话,口上答说,好的,不去就是了。

　　心里却说,不去看看,放得下么?跟麻婶娘作出的保证，扁金自个是不信的。

那一阵麻婶娘把扁金盯得紧，不是盯着男人，而是当娘的盯着不谙世事的孩子。她本想告诉寨里人，那地方有头母豹，打下来抵半头年猪，但见了人却说不出口。一来怕这以后扁金翻了脸再也不跟她过；二来想着母豹带着两个崽子谋生，要害它性命，确实也不落忍。

这日扁金说去到河滩的那块地去做活，出门时扛了锄头畚箕，备着来回走路都不空闲，捡几团牛粪。看这架势麻婶娘也就放心了，没有跟去。到得河滩，扁金把锄头畚箕往灌木里一藏，又去看母豹。隔了这么些日子，扁金心里仿佛装着二十五只老鼠，百爪挠心。

去到地方，草更高了，花簇正开到最繁盛的时候。扁金先是去石柱上待得个把时辰，看着草地上一反常态地清寂着，心里有了某种不祥之感。他故意把皮树摇撼出簌簌的声响，又弯起食指放到嘴里嚯出尖锐绵长的哨音，心想，闹出这般动静，母豹没有不现面的道理呵。但草地上一切如故，空气死去一般滞在草木间隙中。

扁金在这一片静寂中逐渐拨大了胆气，爬下石柱，在石林里逡巡游走，到处探找。石林里阴湿，草长不起来，喜阴的灌木却一丛丛生得紧凑。石林中石洞到处都是，三步一小的罅隙五步一稍大的窟窿。风蹿进石林，被石棱角割成碎裂的声音。还有一窝窝芒丁雀，待扁金挨近，忽然一齐飞起来往天空撞去。

寻了老半天，看着时辰已经不早，扁金心里想，难道那母豹已离了这块地方？这里没有猎人结伙来过的痕迹，按说母豹没有离开的道理。

石林太过稠密，天色稍晚就布下一层层暗影。扁金往上面看去，那天天象怪异，天边分明抹得有一丝橘黄，头皮上的那方天穹却满是包菜头状的疙瘩云，低低垂下来。扁金不敢久待，摸了出去。转到屋里，麻婶娘早已支了灯盏。扁金进门，麻婶娘也不扭脸看他，看似顾着手上活计，实则摆出问罪的架势。但扁金这时分已经顾不上看麻婶娘脸上是哪种神情了。回来这一路上，他心底那种不祥之兆在慢慢生长、堆聚，压得自个心窝子有种锐痛。麻婶娘没说上几句就哭了起来，屋里回响着嘤嘤嗡嗡的声音，好似夏夜河滩上的花脚蚊席筒般卷了过来，铺天盖地，抑人鼻息。锅里剩得一大钵麸皮粥，扁金剥两头瘪蒜把一钵粥对付下去，横了身子上床就睡。耳底，麻婶娘啜泣的声音一直不断，幸好扁金累得不支，打雷也耽误不了。

次日醒个大早，看看身侧，麻婶娘和狗子都还睡得沉。扁金爬起来又出门了。其实他心底也不甚明了，去到那地方，找出母豹是万分危险的事，找不到，岂不让自个心里更堵？横竖没个好。

雾障很深，太阳探不出来，天就行雨。扁金冷透了。到中午，方才想起，这石林里阴冷，豹子也是脑子多转的兽物，栖身的洞穴定然也得干爽才是。望望依然高耸在视野上方的岩崖，扁金突然明白，那母豹何事老蹲伏在上面。

去到岩崖背面，扁金把乱草藤蔓一片片砍倒下去，几处洞穴现了出来。一找，果真找着了。那洞不深，借着光看得到洞底。里面冒出的尸臭，被这早春的寒气压抑着，弥散不开。扁金麻起胆子钻进去，母豹死了。小豹有一只还活着，叫声轻若蚊蚋，咬着一只瘪奶不松口。那只奶早已经被豹崽子抓咬破了，血淤积了一片，是极黯淡的颜色。扁金想把尚存活的那只豹崽子取走。豹崽子只有家猫大小，看着是气息奄奄的样子，扁金拿它不当回事，伸手去捉。豹崽子提起神猛地一阵抓咬，把扁金两手弄伤几处。扁金腾起一股怒火，拊了豹崽子几巴掌，它才稍见消停，一任扁金端在手里。

出到洞外，扁金还没忘了用砍断的草把洞口掩盖牢实。这个冬春的时日，附近几个寨的猎户都猎豹心切，不惜动用了往日不齿的手段，廉价买得灾猪肉的下水，抹上七步倒或者断肠药，搁在豹子时常出没的山野矮梁上，等豹子撞着。扁金估计，这母豹八成是弄不够吃食，半道上捡着的下水也吃进肚里。豹子喜好唼食腐肉，这习性，使得猎户有机可趁。

把洞口掩藏了，扁金扭头一看，那豹崽子盘踞在一块石板上，咧出尖牙。除了外貌，别的神态气质都与猫有着截然的区分。扁金笑了笑，心说小把戏模样倒也唬人，只是个头太细，一个囫囵鸡蛋都噎得死你。

他捏起豹崽子后脖颈上的毛，一路提着走。雨下得紧了，只好把豹崽子揣在胸口。小东西蛮灵性，只这一阵工夫就感受到扁金不是要伤它的人，便撇了毛碴碴的脑壳往扁金胸口抵去,上下蹭起来,弄得扁金忽然心窝一暖。他想,这畜牲,看样子倒像是蛮有良心的,识得温存,辨得好歹。

麻婶娘一早起来见扁金又没人了,心里一片瞀乱,头发都懒得梳理,疯婆一样在屋里乱窜。寨里窜来个婆子,路过麻婶娘屋外,一扯鼻头闻见煮猪潲的气味,奇怪得紧。走进灶房,看见麻婶娘剁了好大一堆草料放锅里煮成猪潲,就问她,麻家妹子,又喂上猪了?麻婶娘被这一句喊醒,这才想起来自个好几年没养得猪了。那婆子心里一惊,瞧着麻婶娘的脸色眼神,还有一头乱如败棕的发毛,当是她来了失心疯症,倒转了头回往山上走,去叫圈柴。

圈柴到了以后,见是疯症模样,说这好治。去屋前阴湿处刮了些霉藻,和些盐粒兑水让麻婶娘喝下,不见起色。圈柴这样的草药师,治病从来都用单方。师傅传下来的说法,这山中的百草,和人身上的百病是一一对症的。每种病,只消一味药便能治愈,多了无益,那是市镇里的药师怕别人偷了方子而使用的障眼法。但这天,下了药后半个时辰,麻婶娘毫无好转的迹象。婆子就数落圈柴说,圈柴,你这一手今日不管用啊。圈柴说,按说这药得用阴阳碗盛着,一时我哪去找阴阳碗?并不是我方子不灵呵。

扁金那日回来得早,老远看见扁金,麻婶娘的疯症立时消掉了,破口笑了出来。待扁金走到屋门口,才见扁金怀里揣着个活物。活物只把脑袋露了出来,黄黑毛色,两枚眼珠黢黑地,见了人就飞快眨动起来。

哪里还弄来一只猫呵？麻婶娘疯症过去，心绪大好，拿了手往猫头上抚去。扁金赶紧护住怀里的小家伙，担心这豹崽子会用牙齿在那手板上豁出血道道。圈柴和那婆子都没有走，扁金留了心眼，不让他们看出真相，只说是从车砂寨弄来一只猫。

圈柴和婆子眼神不好使，粗看一眼的确是猫。圈柴就问了，人都缺吃的，还养只猫。扁金说，灾年过后，开了春，老鼠多得满地窜。养只猫，用不着摊了粮食喂它。圈柴想想也说得过去，没再问。见麻婶娘也醒过神了，不久待，回寨里去。

麻婶娘当天没看出那是只豹崽子。白天，豹崽子软耷耷地伏在床脚，有气没力，全然是只病猫。扁金舀一盆煮好的猪潲拿过去，放在豹崽子身侧。他心里也晓得，这可是只豹呵，如何能吃下猪潲？到得夜晚，那豹崽子竟然抹开舌头舔食猪潲，舔了几口，实难下咽，又闪到一边了，怏怏叫得几声，乍听去，也是猫嘴里的气象。

第二日扁金心底很是愁苦，这豹崽子眼看是活不了几日。麻婶娘也看得蹊跷，说这猫看着也好大一坨，何事不能走动？还图它逮老鼠么？麻婶娘说话时候，正抱着狗子喂奶，奶腥味扑腾出来，扁金瞥见那豹崽子蒜鼻头仰天探去，费力吸扯着屋里的气味。扁金一时有了想法。

上次弄来的豹肉早已炖吃，还剩一根棒骨，几块砸碎的铲骨。扁金找来先前挖来的茯苓块，又去了山上扯新蕨嫩笋，下河摸了些细河螺，回到屋里就给麻婶娘炖汤，用疾火炖上两三个时辰，直煮得锅里汤和料面目不清，又浓又稠。那棒骨早摆干了，自中间敲断，一同添进汤锅里。汤里有种异臭，扁金只有添盐。一锅汤全给麻婶娘喝了。扁金诳她说，这都是圈柴交代的，说她连日忧愁伤了气血，要炖汤补一补。麻婶娘要扁金再不去那片荒野看豹子。这日扁金口巧得很，答应下来，还对天骂娘，诅咒发誓愿。麻婶娘见扁金真心诚意的模样，心情大好，胃口顿开，一锅汤都喝下了。

　　这办法奏效了。那日麻婶娘果然发奶发得多，挤起来像唧筒唧水。拿去喂狗子，把狗子喂呛了几口。剩得有多，扁金摇了摇头不吃，说憋的话就挤出来，回头烫一烫再拿给狗子吃。

　　挤出来的奶，扁金偷偷端过去给豹崽子吃。豹崽子闻见别样不同的奶腥，也晓得是好东西，缓缓站立了起来。扁金闪个神的工夫，豹崽子已经把奶喝尽。扁金看得欢喜，他都想好了，待会麻婶娘要问到，只说是口渴，嘴一抹全都喝了。

　　豹崽子好不容易得来饱食，四条腿也站得直了，抖抖浑身稍有板结的毛，尾巴翘起来老高。麻婶娘这一下看出来了，那可不是家猫。猫尾顶端很细，而这豹崽子尾端蓬松如同长柄舀勺，挥动起来，舀得那团空气尘埃浊了许多。

　　麻婶娘看着不对劲，把灯盏推近一点，这才妈呀一声叫出来。她斜了眼向扁金杵去，说，天杀的，弄来只小偷狗贼。

扁金把脸藏在暗里，平静地说，是豹崽子咧。

麻婶娘说，这怎生得了？是只豹子。

扁金说，把它当只猫养着，它就认你是它主人；把它当狗养着，它看家比狗还看得好。那么大一坨，用不着怕的。

麻婶娘瞧出端倪来，问扁金，那只母豹呢？难道死了？

扁金也不瞒她，说，死了，死在槼里，我只好把这小把戏捡回来。

麻婶娘不作声了，看这豹崽子，牙口还张开，模样顽皮，没现出凶相来。豹崽子得了力气在屋里乱窜，扁金不得不从床榻下抽一把稻草，现搓成细草绳，缚住豹崽子一只后腿，另一头拴在门角。豹崽子龇了嘴叫嚷了一阵，这才消停，在门角处蜷成一团。扁金说，看呐，比猫还蜷得好看咧。麻婶娘睃了一眼，说，扁金你真是不与人同，看见豹子就满心欢喜。我死了，你可以跟它过。扁金只是笑笑，说，未必是只母豹。

当夜熄了灯，扁金要睡，麻婶娘却拖着他说话。麻婶娘说，以后你怎么养得活它？豹子是要吃肉的。扁金说，过一天看一天，哪想到这许多。麻婶娘推了推他，说，你这苕人，那母豹不是有张皮么？拿去换钱，够给这豹崽子买猪下水吃。扁金说，那是没有良心的事，那是豹崽子它娘。再说，屋里不是还有张豹皮么？可以拿去换钱。

那张豹皮是我的，养这豹崽子可是你自个的事。我发羊角疯了，贴钱帮你养只畜牲？你要分清白点。麻婶娘说，哪有你那么迂气的？那张豹皮沤坏了，就白扔给土地了。那张豹皮我不给，也再掏不出钱，帮你养豹崽子——再说了，我的钱是卖肉的钱，难道你又舍得？不怕坏了良心？

扁金捂着耳朵说，我叫你一声娘行不？叫你一声嘎婆行不？就不得把话说得好听点？麻婶娘也没个忌口，说得扁金太阳穴上的筋脉都暴起来，耳朵也痛起来。

就开始嫌弃我了？麻婶娘却不肯完事，把扁金的手扒开，继续同他摆道理。两人嘀咕一阵，扁金耳根子软耷了，答应改天把那张豹皮卸下来。麻婶娘仍叨叨不休地说，你没动过刀，明天动手仔细点。——可惜母豹是被七步倒药死的，一身精肉都糟蹋了。

母豹皮尺幅大，比先前那张公豹皮宽了两拃，纹色也鲜亮悦目。麻婶娘把两张皮摊在屋里，比了比。她眼光铺到母豹的这张皮上，乍然敞亮许多。麻婶娘看到了豹皮的纹路，就如同大姑娘看见上好的杭绸，眼光收不回去了。麻婶娘让扁金把公豹的皮拿去换钱，那母豹皮，自个留下。

母豹皮铺开在床上。豹崽子醒了，忽然闻见什么气味，一个劲往床这边扑腾，嘴上也不停嘶叫，声音尖锐侵骨。麻婶娘不难瞧出来，那是嗅到它亲娘的味道了。麻婶娘听得烦躁，心说，这蒜鼻头倒真比狗还管用。她只好把豹皮卷了起来，藏在床榻下面。屋里没有箱柜，麻婶娘把一应什物都塞往床底下，要用的时候也不须弯了腰找，把木棒子凿进去一掀，要什么就滚出来什么。

扁金给豹崽子买来猪下水。今年年成看着有了起势，地里已经一茬茬出青菜了，稻秧等着下地。水溪镇从半月墟恢复到十天一集，这一集上面，扁金得给豹崽子弄够十天的下水。弄回来，也俭省着用，捡出下水里的油和肉渣留给麻婶娘俩，剩下的剁细碎了，拌杂食煮熟，让豹崽子早夜三餐对付过去。

　　那下水摆几天就臭了，而屋门又老是关着。养一头豹子这样的事，扁金不想让云窠寨的人知晓。那豹崽子吃了腐肉也没太多反应。那一副跋山涉水的身板，那山野兽物的肠胃，远不像人这般娇气。麻婶娘时常被下水的腥臭气熏得直犯恶心，看着豹崽子便来气，嘴里骂着，有时扁金不在，也动动手脚。豹崽子一圈一圈长起来，长粗长横，也增长着脑髓，晓得这屋里两头两脚兽，一头对自个好，另一头却不时显出凶神恶煞样。豹崽子自然会对扁金多了份亲近。

　　扁金看出来麻婶娘脸色越见不好，用话先稳住她，说和水溪镇一家富户讲定了，等这豹崽子长满一岁，便大价钱卖给对方。麻婶娘撇了嘴问说好几钿？扁金说，哪有个准，还得看这一年喂养得如何。去卖菜，新鲜老滑都不同价哩。这番诳语还是立竿见影的，回头麻婶娘不再经常拿手脚照应豹崽子。那腐臭的下水，扁金也有法子，先煮熟了放在灶房里，减去几分气味。

　　有时扁金和麻婶娘都在，撤了豹崽子身上的绳，豹崽子也不乱窜，猫似的喜欢匍匐在人脚边，挨着人脚跟子打起短盹。屋外有什么声响，也挺警醒，卵圆的耳朵支起老高，脖颈扭向声响传来的方位。扁金便把豹头摁下去。有时豹子找着扁金的脚跟蹭起痒来，伴以轻轻叫唤。扁金被这小把戏蹭得来了倦意。眯了眼看去，屋里有个热腾腾女人，有个白胖崽子，脚下还盘着通人脾性的豹崽子，扁金就觉着人的际遇真不可思议呵。早几个月他还光人一个，闪个神的工夫，就样样齐全了。

但豹崽子长到一定大小，得放任它回到山里。老待在寨子，别人是容不下的。这样的想法，他不会跟麻婶娘透露。麻婶娘已经划算把豹崽子卖掉以后，得给屋里添一台嵌有照镜的柜子了。衣服老当枕头垫着，一年到头都皱巴巴的。

麻婶娘想着要给豹崽子取个名字。扁金却笑笑，说哪还轮到你操心，我老早就拿了个名字，叫它小戒灵就是。麻婶娘不依，说背时的，梅山神的名字不要安到畜牲身上，被神晓得了，不得了事。扁金却不信，说，都是一路叫下来的，以前给母豹都拿得有名字，叫戒灵。生下这小家伙，自然就是小戒灵——没准，梅山神就是这个样子。

麻婶娘说，以后真要是招了灾，你哭都哭不赢。

哪有那样的事？扁金说，那公豹母豹，按说要算我俩的媒人咧。它不把你家讨卵嫌的鬼共农腊叼了去，我哪这么容易跟你过上日子？我看，这豹子带来的都是喜兆。听我的，以后就叫它小戒灵——当初狗子跟你姓，我依了，这回就我说了算。

家里藏着豹崽子的事，委实隐瞒不住，寨里人一旦晓得,就全晓得了。一听是扁金捉住只豹崽子,也不奇怪,换是别的谁,那才不可思议。听说这豹崽子还没长到成年家猫大小,也都不惧怕,吃饭时端着碗就过来看稀奇了。果然好看得很,豹子的毛色很亮,斑纹布得细密,特别一条鞭尾,直直地翘起。谁拿手去捏一下,那豹崽子反口就咬过来,嘴里迸出呜呜的声音,倒招得来人都要在它尾端揪一下,胆大的还扯得它两只后脚离地。这样,豹崽子便无计可施了。

来人都问,这豹崽子拿了什么名?

扁金就答,小戒灵。

那是神的名字,乱叫烂了舌头。

何事好怕的,偏叫,烂舌头也认了。扁金嗤一声,一脸不信邪的模样。于是寨上人都晓得了,朝着地面唤一声,小戒灵!还把碗里的菜渣挟一些扔地上,看这豹崽子舔食。它舌头一下一下探出来的样子,谁都不免多看两眼。多喊它几口,豹崽子就有反应了,耸耸耳廓,心想这叫唤挺熟的,莫非是叫我?

见它有了反应,寨上人就叫得更欢实,有事无事都朝着它喊两口。豹崽子慢慢地能认定,小戒灵就是它的名字。

8
毕竟是只豹子

外寨有钱的人,好几拨寻上门,要买小戒灵去。开出的价码，一次次攀高。麻婶娘心动了好几回，无奈扁金死活不肯。

麻婶娘瞧出端倪来了，说，扁金，莫非你诳我？你根本就没有把小戒灵卖走的心思，想当成儿子养在家里么？扁金就说，定然是那些大户屋里有得风湿病的，买了豹去，剥豹骨做药引子。这豹子迟早要卖，再忍些时日，把小戒灵养大几圈，毛色更鲜亮了，还有价钱可谈。麻婶娘一想也是这道理，价钱一路走高倒不心急这一时半会儿。

想想小戒灵才两三个月大小，狗子两三月还日日尿了裯裸，两相对比，心里着实不落忍。麻婶娘想，好歹也是只活物呵。唤它一声，它还晓得朝你靠近几步，眼巴巴的，那是要讨些吃食。

小戒灵便在这穷门蔽户待了下去。扁金见小把戏蹿个蹿得快，觉得得和小狗子隔开才行。小戒灵四趾上，尖爪已经慢慢自肉垫里探出芽来。那东西在狗子脸上身上挠一下，只消轻轻一下，也不轻省。

关在外面，又怕别人偷了去。扁金又把墙上那窟窿捅开。扁金在屋外贴着墙皮搭了个窝，窝门就着那窟窿用，朝里开。又用硬木条子楔了个栅门，装上去。白天扁金和麻婶娘都在，四只眼照应着，也不惧小戒灵对狗子造次。晚上，给小戒灵喂了食，便把它驱进窝里，挂上栅门。小戒灵对人有了依赖，一开始的两天，晚上到了钟点，死赖着不肯进去，非要扁金拧起它后脖颈上的毛，把它扔进里面不可。尔后把栅门合上，扎两个楔子。

豹崽子的哀嚎听着像是遥远地方传来的声音，一声一声针一样扎进扁金耳里。扁金心里听得难受，就像狗子哭得喘了他也会难受。后来他把桐油灯移到窝前，这畜牲连日里把灯火看习惯了，不晓得怕，反而得来一种安稳，哀嚎之声便渐渐浅了，停止了。扁金看着小戒灵蜷作一团睡去，才把灯移开。

不多久，小戒灵晓得晚上吃那一顿以后，自个进到窝里。虽是怏怏的神态，毕竟还是往里面钻了。扁金见好就说，看呐，这小戒灵真的蛮有灵性，哪一点比你的狗差嘛。麻婶娘没有作声。她渐渐把鬼共农腊给忘了，这一段时间与豹崽子相处，免不了会喜欢上这鲜活的小把戏。

随着身子一点点拉长，一圈圈长肥，小戒灵自然而然掌握了用舌头清理自个的毛。其实豹子是蛮讲究的畜牲，一身毛光亮鲜丽，八成也和这习性有关。初来时，那种脏兮兮的模样没了，身上的怪味日渐淡去——或许是扁金两口子也已习惯了，久闻而不觉其臭。反正，扁金和麻婶娘都把小戒灵当成屋里的一口子。看着它毛茸茸的样子，眉梢就得来喜色。

屋外被扁金垒石削木楔弄出了齐胸高的矮墙，小戒灵四肢还没硬得起来，就试图越过那矮墙，去到更远些的地方。但那矮墙于它来说，还过于高。它的灵性在于，不久就发觉那石基固然坚硬，不能用牙去碰，但木条子似乎有松动的可能。小戒灵晓得每天都用爪子抓捞同一个地方。麻婶娘看那木条够粗，而这豹崽子的爪尖眼下还绵软着。

不料用不着几天，小戒灵竟然一下子弄断两根木条，可见也是攒足心劲的。它的脑袋一旦可以钻出去，身子便也很快像水蛇一样滑了出去。它还扭头看看里面的麻婶娘。

那是个白日，院里只有麻婶娘和她的狗子。狗子在吃奶。麻婶娘不得不把狗子的嘴扯脱，疾步走去拉开了院墙的门，倚着矮墙朝着小戒灵一阵恶骂。这畜牲竟然听懂了，还试探着要多跑开几步，见恶骂声更高更密了，思忖一番，又折了回来。麻婶娘驱赶它进屋内那个窝里，小戒灵不敢造次，把勺状的尾巴卷到腹部下面，迈了进去。

扁金回来，麻婶娘说起这事，一口地赞许，说这小畜牲有灵性哩。扁金就说，那当然，以后说不准还可以守着狗子。到农忙的时候，把狗子闩在屋里，把小戒灵弄根铁链拴在院心，鬼都不敢进来。

麻婶娘说，那不行。不是要卖掉么，你还打算长久养下去？

扁金嘿嘿笑笑，眼神试探地看着麻婶娘。他心里确实是这个意思，而且，迟早得跟麻婶娘说明白。但麻婶娘态度也很硬，说养到一定尺寸就得卖。除非，这小戒灵能像羊一样上山吃草，不须贴钱养活。

扁金悻悻地说，那还能叫豹子么？

看看麻婶娘的那脸，没留商量的余地。麻婶娘反过来戗一句，扁金，你倒想把它喂养多久？

扁金回一句，还不是你说了算。

麻婶娘说，纵是养头猪，顶多也让它活到年尾哩。

扁金心里就有个概数了。

回头还到水溪镇给小戒灵定制了一条铁索链——这也费了扁金半天唇舌，说动麻婶娘拿出钱来。扁金说，到时候这铁索链的钱也得算到买家头上。他怨这女人把钱看得重了些，回头又想，这也是好处呵，穷家穷业，没个手紧的婆娘主事，那更没法过了。

小戒灵被链子拴起来，看着就跟狗没多大不同了。起初几天，它还不相信自个有那么命蹇，脖子上平白无故多了道箍，整日挣扎，挣不脱，只搞得脖颈被勒得一阵紧过一阵，气都吐不匀。多有几天，它便认命了，以为这是与生俱来的，早一天晚一宿，脖颈上活该被这道箍勒着。

上了铁索链，小戒灵留在院心的时间多了。它气色不好，脑袋里很多东西被这索链禁锢了，爪子也在石板上磨钝了。到了饭点，扁金或者麻婶娘不会少给它一钵或稠或稀的吃食，了无滋味，不吃又不行。吃完了，大多数时间它会侧伏在地上，阖了眼皮没完没了地睡，一任阳光或者微风涂抹在毛皮上。

有时候，它会突然睁开眼，往又加高了的院墙外看去。那些油绿的山起伏着，牵牵连连没个头尾。小戒灵仿佛听见了什么声音，自那些山里传来，仔细一听，又是没有。但它脑袋毕竟活泛了，血往上涌，站起来死命地挣，那索链还牢固依旧。自个的一番努力，终是毫不见效用。

到夏天，扁金不忘了给小戒灵搭个荫棚。这样，再强烈的阳光也只能斑斑点点渗到小戒灵的身上。有时候，扁金看着它,便得来几分心酸。他觉得它不太长个。扁金也不晓得到这月份,一头豹崽子该长多大。他只是觉得小,戒灵越来越像一只猫了,病猫。当然,它能活下来,已是天大的不易了。

但麻婶娘感觉很好。看着它成日恹恹欲睡的样,她有时候都忘了它是只豹子,是本该在山林里腾挪跳跃的兽物。她甚至经常把手搁在小戒灵身体上,捋它的毛。小戒灵觉着受用,蜷作一坨的身体会逐渐松懈。如果反捋,它感到极不舒服了,也只是咧咧牙齿,还提心吊胆。小戒灵晓得自个咧出豹牙的样子吓不倒身边的两脚兽,说不定反倒招来几个暴栗子。

翻过年,扁金还是舍不下小戒灵。这一年搭帮年成好,再说扁金以前只是耕种河滩上薄土多砂的荒地,而今侍弄上麻婶娘家的肥田又特别来情绪,所以收成不错。扁金拿这个当借口,说,你看哩,今年有这样的收成,都是小戒灵到我家的缘故。把它卖了,说不定就破了运气——我算是看明白了,养只畜牲不会败家,就怕天灾降下来。扁金说这话,也是半开玩笑的。麻婶娘被说得有点疑惑,问,是么?

经过这一年,她瞧出来扁金是条上好的庄稼把式,心下里欢喜得紧,所以口头上更不好拂了他的心愿。

石狗子已经蹒跚地走路了。他的腿杆子比同龄的孩子都硬得快,别家的孩子常常要到一岁半才下地行走,他长到岁把就行。寨子里的人都啧啧称奇,一想又明白了,这小杂种，长大准又是个到处乱跑的。背着扁金两口子的时候，他们就拿这事说笑。

石狗子在院里学走路，麻婶娘一开始还护得紧，不让它挨近小戒灵。但这崽子偏要向小戒灵靠近，要不然就扯了嗓子哭。麻婶娘只好麻着胆子，带狗子走到小戒灵身边。小戒灵也挺喜欢小主人。它晓得个头最小的这只两脚兽没坏处，走路都走不稳当，不会对自个动手动脚。最大个的那只两脚兽，待它虽说也不错，但有时来火头了，也会朝它脸上撂两个耳巴。山民都有打孩子的习惯，别说一只畜牲了。所以小戒灵见了石狗子歪歪斜斜地走来，尤其显得亲热，尾巴撂起来老高，但不会甩起来。扁金在的时候，更是大了胆子，捉起狗子的手去抚摸小戒灵的脑袋。一摸着，狗子就笑了。狗子笑起来会把舌头拼命地舔出来，往下挂，像是扮鬼脸。小戒灵看见狗子舔了舌头，它便也跟着把舌头舔出来，还想舔着小主人的脸。扁金先是摁着小戒灵的脑袋，禁不住小戒灵一个劲探脑袋，也就把手稍稍松开了。结果小戒灵的舌头真就舔在了狗子的脸上，舔得狗子直乐。扁金这才放心了。

这以后，扁金觉着自个还能掌控局势，又让小戒灵和狗子亲热地贴近了好多回。都没事。所以也越见放松了。

扁金乐得把这事跟云窠寨的人讲。他和麻婶娘的屋子离寨里别的人户都很远，但到吃饭的时候，他不嫌路远，端了饭钵一家家去串门，把这事告诉别人。寨里面确也没太多有意思的事，别人一听，这还蛮稀奇，抽个空，挤到麻婶娘的院子里看把戏。

扁金就拖了狗子挨近小戒灵，小戒灵从来都是欣喜的神情，拿舌头帮小主人抹脸。来人算是开眼了，又问，扁金，小家伙都有这胆，你敢么？扁金说，一头豹崽子有什么好怕的？它佬娘我都不怕哩。于是低下身子把脸凑过去让小戒灵舔。扁金脸上皱得紧巴，又长满疙瘩，小戒灵不乐意，却又不敢拂逆。它晓得主人的意思。

旁边的人就起哄了，觉得这事看着也不难，蛮安全的。于是有人走得近了，也想半蹲着拿脸往小豹那边摆架势。但看看小戒灵隐隐露出的尖牙，眼角挂下的两道黑条纹，心里还是惧怕，不敢造次。

有人提个醒说，扁金，以后也别干活了，把狗子和豹崽子都喂养大，带出去，到各处乡场上耍把式，钱就来了。

扁金一拍脑袋，说，是啊，钱就来了。

回头便把这话说给麻婶娘听。麻婶娘嗔他说，鬼迷心窍了，这豹子是带灾的，让你成天胡想。尽快找家大户，把豹子卖了，你也好安心弄庄稼。

扁金不作声了。他看出来麻婶娘也就是口硬，到时候她会想通的。赚钱的事谁不盼望啊？有机会还舍得让它漏掉？

开春了，天却是最冷，阴风冷雨不断。这日还好，没有雨雪，太阳时不时蹭出云层来。小戒灵还照样拴在院里。以前那个窝捣掉了，重新砌得一个，紧挨着灶房。

地面上阳光花花麻麻的样子，还有小戒灵日渐镀了光泽的毛色,让麻婶娘突然想到床下面还藏得有一张豹皮,隔得这么久,不晓得生虫了没有。用棒头撬出来看看,板皮外裹着数层油纸。里面的板皮还好。门打开着,麻婶娘扭头看看外面,狗子又和小戒灵扭在一起了。狗子趴在地上,身子倚靠着小戒灵毛茸茸的肚子。

麻婶娘心一动,把狗子拽回来,把母豹的皮拾掇一阵,用草绳捆扎到狗子身上。狗子也喜欢这身新衣,舌头又挂出来了。豹皮被折成双层扎在孩子身上,里外都是毛。

麻婶娘在屋里捶扫帚草,想扎几把扫帚,逢集的日子叫扁金带去卖,换些油盐钱。不提防狗子又走到院里去了。狗子还一脚跨不过门槛,得骑坐着,两腿前后放过去。麻婶娘不担心,她想,豹皮穿在身上,再怎么也冷不着孩子了。

忽然听得几声豹嚎,和往日不同。麻婶娘赶紧走出去,一看,小戒灵的脸上闪现的是以前从不曾露出的凶样。以前它顶多只敢把左右两侧的尖牙露出来唬唬人,这日,竟把所有的唇肉都翻卷起来,露出高低错落的大牙,和上下颚鲜红的肉。麻婶娘人未走到就先骂了起来,还拾起一个苞谷芯扔过去,正中小戒灵的面门。小戒灵嘤的一声,往后闪了两步。它晓得这发毛冗长的两脚兽最是厉害,吃了她不少的亏。

那扎豹皮的草绳已被小戒灵抓断了。麻婶娘乍一下醒悟了,定是狗子身上的豹皮激起小戒灵有了异常反应。麻婶娘来不及多想,把掉地上的豹皮拾起来拍拍灰尘,还找了找是否被抓得有洞眼。一张豹皮只消有一两枚虫眼，价钱就要减去几成。还好。麻婶娘把豹皮重新卷起来，拿到屋里去。

等把豹皮扔床上了，麻婶娘才想起得把狗子抱进来。刚走到门槛处，就听得一声惨叫。小戒灵刚才挣得猛烈，竟把索链挣脱了，刚才，它不知何事把狗子扑倒在地。在麻婶娘眼光杵到的一刹那，小戒灵发觉自个的口奇怪张开了，朝倒在地上的狗子咬去，一咬就咬在脖颈上。稍稍用几分力，那牙就轻松钻进皮肉里。小戒灵觉着这是蛮有趣的事，一股咸腥味顺着牙根淌进嘴里。扑猎兽物，得先咬中对方的脖颈，脖颈这地方最是纤细，而且血管都盘结在那里。这事也没谁教过小戒灵，当时，它脑子里突然有醍醐灌顶般的感觉，晓得下一步该怎样去做，毫不含糊。

麻婶娘看到这一幕，血往上涌，身子向后一翻就晕了。

小戒灵还等了会儿，看那长头发的两脚兽不再骂骂咧咧，当自个没做错事。想想那血液咸腥的味道蛮不错，它的嘴又照狗子的脑袋咬了去。狗子才岁把大，脑顶上的囟门还未完全闭合。

麻婶娘很快醒转过来，脑袋是如遇雷击般嗡嗡作鸣。她爬起来，看那小戒灵把狗子的头吃去半个，嘴沿挂了两线血滴，正用一双豹眼悠哉游哉地往这边看来，满是奇怪，仿佛在问，有这般好吃的东西，以前何事藏着掖着不把给我吃？

小戒灵挨到麻婶娘第二棒，才晓得大事不好。这棒子砸在身上，可不似以前那般轻描淡写。小戒灵于是弓起了腰身。麻婶娘看那架势，像要朝自个这方扑过来，毕竟心有忌惮，往后退得两步。没想到这畜牲换了个向，一蹿蹿到矮墙上去了。憋了这么久，它体内蓄满弹力。它都不晓得自个到底能够弹跳多高。它站在矮墙上不动，掉过头又看了看麻婶娘。见她再次把那长长的家什拎起，还要往自个身上照应，才怪眼一翻，跳下去了。小戒灵被土里的泥腥味激得浑身打颤，被风里掺杂着的花粉弄得直打喷嚏。它这才发现，矮墙外是平展而有宽阔的地域。往前看去，前面郁郁葱葱的树丛，一看就是自个应去的地方。它撒了腿跑开了。麻婶娘跑出院子，在后面追，大声呼喊着它的名字。

但小戒灵再也不听她的呼喊，僵硬的身体这会工夫完全动弹开了。每跑十丈远，麻婶娘就会被甩下八丈远。

扁金闻讯回来，事情都已经过去了。麻婶娘被圈柴弄醒，但一脸呆相，看上去把魂全丢了。寨里有人去请聚毛，要他来把麻婶娘的魂赶快归位。要是捱得久了，魂归不了位，那么寨里又要添一个疯女人。

扁金还看见石狗子的尸体。本来石狗子算不得胖，死了以后，浑身像是肿了一样。他不敢多看，这孩子死相，一看就晓得不是人干的。

寨里人说，你那小戒灵肯定离得不远，可是个祸害，得除掉——毕竟是只豹子。

是要除掉，留它不得。扁金咬牙切齿地那么说。到这个时候，他比谁都想宰了小戒灵。以前他时常觉得，石狗子是自己的大儿子，小戒灵是二儿子。但石狗子死掉以后，他发现自己心里只有一个儿子。

那天晚上寨里的精壮男丁都持了棕油火把，往寨子四周的林子去。扁金夹在里面，一声声喊起小戒灵的名字。他还故意让声音显得软点，不让小戒灵听出他一腔子怒火。他认识到，这小戒灵比他估计的还要聪明一些。闹到半夜，小戒灵还是没有现面，众人只有回去。

次日扁金去找牛秧借枪。牛秧问他为什么借枪，是要打豹么？扁金依旧咬咬牙，说，嗯，打豹。先练练枪法。牛秧说，是要先练练枪法，不过你带着一肚子怒火，练不好的。枪也不能多打，把我枪打坏了可不行。那以后几天，牛秧每天守着扁金，去河滩上练枪法。每天只能打十枪，多一枪也不行。牛秧说，现在我没有老婆，枪就是我的老婆。

扁金手稳，敛得住气，只几天工夫，在河滩上瞄哪块卵石，哪块卵石就跑不脱。这天正要往枪里填火药，寨里一个后生飞跑而来，说，来了，来了。

扁金问，豹崽子么？

后生说，对，小戒灵。

扁金说，屁小戒灵，不要侮辱梅山神的名字。那是只畜牲。

他脸上的杀气很重，眉心挤成了几字形，就这几天的工夫，就皱成那样了。

小戒灵迟早要往寨子里来。它在山里头待几天，又想到那些两脚兽的好处，禁不住回了。它隐隐感觉到自个闯下不小的祸端，但隔了这几天，它又侥幸地想，那帮两脚兽，怕是应该气消了吧？

它老远看见寨口围着很多人，心里还是有些怵，隔着百来丈远，它就停住了。它晓得这个距离是蛮保险的，那些两脚兽跑得都不快。

过不久，它又听见那个熟悉的声音，一声一声地叫它。它仔细地听听，没错。然后它看见了那个人，站在一堆人中间。它试探着往前走几步，那个人还是没有口出恶语骂它。这使得小戒灵愈加相信，两脚兽已原谅它的过错了。

扁金站在中间。寨里十几把火枪都来了，扇形排开。牛秧没有枪了，心里却痒了起来，只好站在扁金的后头一个劲提醒，说提一口气，慢慢吐出来，一点都不要慌。手杆要稳，等那畜牲挨近了再扣响。

自制的火药药性皮，射不远，顶多也就十来丈。要想有把握，还得等它挨得更近。扁金嘴里也不闲着，继续喊小戒灵的名字，还舌头一卷弄出咿里呜噜声音，以示亲近。以前，他去给小戒灵送吃食，通常也弄出这样的声音。

小戒灵一步一步挨近了。很奇怪这么多两脚兽都来看它。它越走越近了，又闻到村寨的气息。

这时候扁金把枪托子往眼前搁了，眯上一只眼，那是瞄靶子。他急不可待地打了一枪，打空了。小戒灵一怔，转身就往后跑。后面乒乒乓乓冒出一片爆豆子的声响。这些声音让小戒灵彻底弄明白了，那两脚兽聚集的村寨，再也不是自个要去的地方。它闻见林子里的树木散发出一种气味，曾在小两脚兽的身上闻到过。那天，正是这样的气味让小戒灵浑身燥热不已，变得抓狂，所以就朝小两脚兽扑过去。但现在，这种气味，使它感到一种安详，使它相信，前面绵密的绿色，正是自个该去的地方。

那只豹子已经跑出所有人的视野。

牛秧对扁金说，你枪打偏了。

扁金说，是呵，他娘的打偏了。

牛秧说，偏得太多了。

扁金吐掉叼在嘴里的草根，说，是呵，他娘的偏得太多了。

麻婶娘的魂到底是让聚毛复位了。聚毛唱了好几堂歌子，搬动诸多不便现面的师傅，把麻婶娘的魂又挪回了原处。麻婶娘把这事怪到扁金头上。于是扁金从她屋子里搬了出来，重新把灶房弄成人住的茅棚。两人恢复了一年前比邻而居的情状。

扁金跟寨里每个人都说，放心吧，我会一直照看她的。

也许别人没有什么不放心，但被扁金撞见了，还是会听到这么一句。

豹子还会溜进周围寨子偷狗。扁金夜里听见了风声，依然赶早去寻找豹子的踪迹，一路撵脚，屡有所获。他爱吃狗肉的嗜好是改不了了。

一晃到了五几年，水溪镇的集场改成五天一集。有一次扁金去了，看见茶水摊堆了好些人，在听谁扯白话，就拢过去听。是一个行脚贩子在说县城里的事。说是前不久，有一头花豹进到城里偷腊肉。县城是几条老弄，那花豹在瓦顶上从容地踱着步子，走进一户人家的阁楼叼了一块腊肉。把那户人家的人吓吓也就算了，没出事。但那花豹吃上瘾了，过得几天又来。有人看见花豹大白天从城墙的一段豁口进到城里，仍然在延绵的瓦顶上游走，寻找腊肉的气味。城里有很多警察的，现在都叫作公安了，带着很多把枪来打那豹子。其中还有两挺歪把子机关枪，一打就是一梭子弹。公安找好了地方，专等豹子露头……

说话的人顿了顿。别的人都问，打着豹子了没有？

没有。那人说，这帮苕人，子弹全都打偏了。豹子也不怕枪响，几个腾挪躲过去，还往豁口出了城。

别的人都嗤了一声，听这一阵，却是这样狗屁倒灶的结果。说话的人也感到无趣，但事情就是这样，他没法编排出更好的结果。说话的人正要呷口茶，忽然心里有些奇怪，赶紧往四下散去的听众看了看，看到的尽是一些背影。

刚才，大家嘴里都冒出失望的叹息时，他分明听见有个细弱的嗓音夹在里面。这嗓音说，好样的！

图书在版编目（CIP）数据

戒灵/田耳著. -- 上海:上海文艺出版社,2022
（田耳作品）
ISBN 978-7-5321-8006-6

Ⅰ.①戒… Ⅱ.①田… Ⅲ.①中篇小说－小说集－中国－当代 Ⅳ.①I247.7

中国版本图书馆CIP数据核字(2021)第203695号

发 行 人：毕　胜
策　　划：李伟长
责任编辑：江　晔
装帧设计：付诗意

书　　名：	戒　灵
作　　者：	田　耳
出　　版：	上海世纪出版集团　上海文艺出版社
地　　址：	上海市闵行区号景路159弄A座2楼 201101
发　　行：	上海文艺出版社发行中心
	上海市闵行区号景路159弄A座2楼206室 201101 www.ewen.co
印　　刷：	崇明裕安印刷厂
开　　本：	889×1194　1/32
印　　张：	6.625
插　　页：	2
字　　数：	127,000
印　　次：	2022年3月第1版 2022年3月第1次印刷
ＩＳＢＮ：	978-7-5321-8006-6/I・6346
定　　价：	45.00元

告 读 者：如发现本书有质量问题请与印刷厂质量科联系　T:021-59404766